나비는 비에 젖지 않는다

나비는 비에 젖지 않는다

—

초판 1쇄 2021년 9월 10일
지은이 최도선
펴낸이 김영재
펴낸곳 책만드는집

—

주소 서울 마포구 양화로 3길 99, 4층 (04022)
전화 3142-1585·6
팩스 336-8908
전자우편 chaekjip@naver.com
출판등록 1994년 1월 13일 제10-927호
ⓒ 최도선, 2021

—

—

ISBN 978-89-7944-773-6 (04810)
ISBN 978-89-7944-354-7 (세트)

책 만 드 는 집
시인선 180

나비는
비에
젖지 않는다

최 도 선 시 조 집

책만드는집

등단 후 첫 시조집을 내놓고 가정으로 돌아갔다.
숙련되지 않은 언어들이
글 속에 따라붙는 것도 같았다.

이십 년 후 다시 붓을 들었을 때는
시조가 아닌 詩였다.
두 권의 자유시집을 내놓고서야
시조를 묶을 수 있었다.

솟구치는 말들을 찾기 위해 시조 순례의 길을 떠나는
두 번째 발걸음을 내디뎠다.

긴 세월 안장 위에 달빛이 쏟아진다.

2021년 초록 짙은 날 草月軒에서
최도선

2부 순환 열차 달린다

3부   우리는 무엇을 할까

4부   나의 본적

1부

봄날이고 싶었다

책상

어둔 밤 더듬더듬 새로운 길 찾아간다
어머니의 말씀은 "세상이 다 책상이다"
사소한 바람까지도 허공 위의 책이다

강물이 흘러가는 물살에도 길이 있다
민들레 꽃씨 나는 것을 허투루 보지 마라
꿈이란 아무 곳에나 머무르지 않는다

새 빛

사거리 신호등 빨간 불빛 앞에 서다

　가로수 겨울나무 그림자가 몸 오른쪽에 드리워져 서늘한데 왼쪽 정강이엔 햇살이 따사롭다. 저린 팔뚝까지 따끈하다. 2분이 가져다준 우주의 힘. 서늘한 그늘을 밀어내는 햇볕이 몸 안에서 돌고 있다. 신의 시간이 몸 반쪽씩 나누어 동행하고 있는 순간 딛고 선 지구의 한 뼘 안에서의 빛나는 감각. 개구리 수면 위로 뛰쳐나와 驚(개골) 蟄(개골) 알린다는 오늘, 멀리 선운사 동백 숲에 꽃불이 일었단다

　새 빛이 인간의 시간에서 아롱아롱 반짝인다

낮잠 자는 사이

보랏빛 가지 곁에 방아깨비 여치 개미 논다
수박을 그렸는데 생쥐 와서 파먹고
양귀비 손 한 번 못 잡아보고 나비에게 쫓겨난 뱀

외로운 맘 숨겨보려 풀벌레 불러놓고
따스한 햇볕 아래 맘껏 풀어놓았더니
저 닭이 먼저 다가와 벌레들을 쪼아 먹네

꿈인가! 시에스타 HERMES 찻잔 그림
초충도가 분명한데 누구의 손길인가
보이지 않는 예술혼 바람만이 스쳐 간다

개화

그대가 불러주면 꽃이 되고 싶었다

툭 치면 확 터지는
봉숭아 씨앗처럼

까르르 까르르 쏟아지는
봄날이고 싶었다

달빛 젖은 오동나무

황련나무 아래 거문고 타는 이 그 누군가?
백아의 탄금 소리에
종자기는 춤을 췄지
가던 길 멈추어 서서 숨 고르고 듣느니

내 시름 깊었던들 저 울음에 비할까
봄바람 가을비에
시달린 오동 울음*
검은 학 명주 가락에 춤을 추니 시름도 시들하다

* 박상륭의 『칠조어론七祖語論』 후기에서 인용.

대나무꽃*

이것은 마지막 예표 또한 죽음의 문장

닭이 운다 대낮인데,
떠나는 길 재촉하는가

평생을 불사른 흔적 세상 향한 청청한 미소

* 백 년 만에 핀다는데 꽃을 피우면 대는 죽는다고 한다.

소읍小邑의 아침

봄이 오려는가 바람이 산듯하다

꿈의 단지라는 이 빌라촌, 밤이면 무서우리만치 고
요하다. 그 흔한 반려견의 기침 소리 하나 없이 흐릿
한 가로등만 졸고 있다. 개천물 소리 쏴아르쏴아르.
밤길 돌아와 떠오른 아침 해 술 깬 자의 눈동자처럼
흔들리고, 일터로 나가는 소형차들 줄줄이 꼬리 물며
떠나는데 초등학생 하나 없이 어린이집 노란 버스
겨우 아이 한 명 싣고 가는 마을

천변에 소 울음소리만 안개에 젖어온다

문장의 말

하늘을 까맣게 채운
새들의 군무를 봐

바람까지 다스리는 저 능란한 질서 좀 봐

팔 벌려 날갯짓해도
따라 할 수 없는 꿈

뼛속까지 꽉 채울
내 작은 문장들이

닳도록 각 버리고 비움의 날개 달면

푸드덕 저 새들처럼
차고 날아오를까

오동꽃 피고 지듯

달빛에 젖어 들듯

꽃 지나간 발자국 넌지시 전해지듯

한 줄기 리듬을 타고
푸른 숲에 들까나

오래된 골목

생폴드방스* 중세 마을 골목길을 걷는다
창가에 놓인 꽃과 담장 문양에 취하다가
아! 서촌
한옥마을 골목골목
한련꽃이 떠오르네

사이프러스 사이사이 맑게 우는 새소리에
인왕산 계곡 물소린 양 심연 속에 길도 잃고
성당의
종소리 따라
옛 정취에 빠져본다

동서양 중세의 삶 빗물에 젖었어도
고즈넉한 삶의 무게 내 영혼 깊은 곳에
겸재와
샤갈의 그림자
자늑자늑 들어온다

* 남프랑스에 있는 마을로 르누아르, 마네, 마티스, 피카소, 모딜리아
니 등이 사랑했고 샤갈의 무덤이 있다.

청출어람

옹플뢰르Honfleur의 새파란, 하늘색 담는 붓끝 있다
풍경 묘사, 외젠 부댕*의 그림에 빠진 모네
외광의 자연 속에서 쪽보다 더 푸른 빛 찾고 있다

매일, 매시간 한곳에서 그리기를 수백 번
햇빛의 진동 변화 바뀌는 색의 조각
화폭엔 빛의 표정이 그려지고 있었다

화실 안 붓질에서 볼 수 없던 빛의 환상
스승의 붓끝 너머 시시각각 빚은 수련
관람자 함께 숨 쉬고 있다. 파노라마 저 연못

* 모네의 스승으로 인상파의 선구자.

나비는 비에 젖지 않는다

시간을 버린 죄로 날개가 꺾였어요
비가 오네 궂은비가 서럽도록 비가 오네
청산을 떠나 사느라 꽃 핀 줄도 몰랐어

화살같이 날아가는 시간을 늘 놓치고
쳇바퀴 돌듯 도는 유령 닮은 난제들이
무시로 생의 한가운데 출몰했다 사라지고

수만 번 날갯짓에 돌아온 둥근 시간
빗속을 날아가도 젖지 않는 날개라오
서서히 품어야 하는 시간이에요. 꽃들을

노을 한 줌

벤치에 노인 홀로 석양빛에 졸고 있다
풀잎을 쓰다듬으며 가까이 다가가서
말품 좀 팔아드리며 심심함을 달래볼까

헛기침 소리에도 돌아보지 않으시네
저무는 해그림자 쓸쓸히 기우는데
누구를 기다리시나 꼼짝없는 그늘진 등

한 줌 남은 빛일망정 잡아놓고 싶으신가
슬며시 애인처럼 어깨에 손 가만 얹자
거망빛 반가좌상이 스르르 스러지네

창령사 터 오백나한

말이 필요 없다 천년을 지녀온 입술

눈물도 목에 걸려 오래 두고 삼켜온 일

죽어서 살아온 미소 햇살 앞에 수줍다

돌이 웃고 있다. 비루한 세상 향해

석공은 아내 위해 꽃을 새겨 넣었나 봐

정 끝에 피어난 꽃송이 달빛 닮아 고웁다

청록산수 바보산수
– 운보 김기창

사물의 소리들을 눈으로 듣고 있다
창공에 부서지는 새들의 지저귐도
군작도群雀圖 참새 떼 소리 화폭 가득 붓는다

청력을 잃고 나서 마음으로 모은 소리
갯벌에서 들려오는 군해도群蟹圖 게 떼의 와글거림
세 악사 신바람까지 들썩였던 악기 소리

청록산수 바보산수 예수와 귀먹은 양
간절히 붓끝에 담은 청아한 저 소리들
군마도群馬圖 힘찬 말발굽 소리도 그림으로 듣고 있다

심작 心作

난을 치라기에 그린 그림 보리 이삭

먼 산 바라 남도 가락 흥얼흥얼 읊조리며

마음이 콩밭에 간 줄 나도 몰라 하더니

저녁연기 곧게 올라 바람이 자는구나

일방의 잎, 일 점의 꼭지 어찌 맑은 마음 담을거나

에라이, 유마의 침묵처럼 갈대밭에나 들리라

행로 行路

비술나무 가지 위에 둥지 튼 오목눈이
새끼들 먹이 찾아 집을 비운 그사이에
둥지째 먹어 삼키고 쓱 사라진 촉수뱀

개구리 잡아 물고 돌아온 오목눈이
새끼들 간데없어 울다가 지치는데
저 멀리 논배미에서 통곡하는 개구리

나는 풀숲 벌레
불 밝히는 반딧불이
들판 지나, 천둥 번개
견디며 건너는 강
슬픔은 산 자들의 몫 읍혈록泣血錄을 채워간다

데카메론*
– 세 여자와 네 명 남자들 이야기

기름에 불이 붙듯 페스트는 번져갔다

도망쳐 찾아온 곳 마테라 동굴 마을, 죽음이여 인간들의 영혼을 건들지 마오. 인간은 죽었다가도 여러 차례 부활하오

우리는 무서워서 밤새도록 이야기했다

#1 여자. 귀부인 이야기
남편이 친구 부부를 저녁에 초대했지. 식사 후 친구 아내와 남편이 안 보이데. 그녀가 남편 품에서 간지럽게 자는 거야/ 그다음 날 친구네가 우리 부부를 초대했어. 저녁을 먹고 난 후 남편 친구가 날 껴안네! 두 사람 앞에다 두고 나를 마냥 애무하데 ─그 뒤 우리는 공동 부부가 됐지. *데카메론에 나오는 이야기 패러디

#2 여자. 실연당한 사람들만 모이는 저녁 모임

미망인을 연모해서 마리오는 서성댄다. 미망인이 마리오를 문 앞으로 부른 날 밤 그녀는 다른 애인에게 푹 빠져서 놀고 있네/ 마리오는 문밖에서 아침까지 기다렸어! 그는 춥고 서러워서 복수를 결심했지. 마침내 보복의 날이 스스로 찾아왔네/ 미망인, 그의 애인이 딴 여자랑 바람났데. 그녀는 염치없이 마리오를 찾아와서 애인이 돌아올 방법 좀 찾아달라 애걸하네/ 배신당한 그녀에게 갓 구워낸 주문 주며 달 뜰 무렵 개울에서 일곱 번 목욕하고 저 탑에 발가벗고 올라가 종일토록 주문 외우라네/ 그녀는 그 주문을 밤새도록 외웠다네. 태양에 살이 타는 낮 동안도 외우다가 때가 돼 내려가려니 사다리도 마리오도 사라졌네 *데카메론에 나오는 이야기 패러디

#3 여자. 실제 상황
시어머니 일곱 분을 모시고 살았어요. 요일을 정해놓고 일곱 집 일 해왔지요. 재산 좀 물려받으려고 눈 딱 감고 참아냈죠/ 일 년이면 새 여자로 갈아치우던

31

시아버지 지난해 삼십 대와 정식 결혼 하시더니 그
에게 토지 빌딩 몽땅 빼앗기고 저승으로 가셨어요

#4 남자. 어느 경찰이 들려준 이야기

치매 앓는 아버지가 간암 앓는 아들보고 가슴을 움
켜쥐며 나를 먼저 보내다오. 흐릿한 삼색 싸인 볼만
홀로 돌며 듣고 있다/ 아들에게 물려줄 건 낫지 않는
오래된 병. 한때는 알아주던 흰 가운의 이발사가 회
색빛 점포 안에서 부자 함께 식어갔다

#5 남자. 촉법살인

"경찰서 재낄 준비 끝났냐 야들아!" 담배를 문 열
네 살들 셀카를 찍으면서 영화의 주인공인 양 두 어
깨에 힘을 준다/ 밤마다 차 훔쳐 사고 치는 소년들이
SNS에 범죄 전시 박수를 받고 있다. 새벽을 찢으며
질주하는 타이어의 날 선 비명 *4월 16일 자 ㅁ 신문에서
패러디

#6 남자. 동네 아줌마

"엄마! 폐지 줍는 저 할머니 불쌍하지""그래, 너
공부 안 하면 저렇게 돼"이 말을 듣는 그 순간 머리
에서 쥐 났다/ 정말로 애 교육을 저렇게밖에 못 해,
우리들 퇴직하면 저 일인들 차례 올까. 할머닌 허리
를 쭉 펴며 먼 허공을 바라본다

#7 남자. 시어도어 루스벨트함 이야기

코로나19 확진자가 하나둘 늘어나자 해군에서 승
조원들 하선을 막는 거야. "전시가 아닌데 수병이 죽
어서는 안 됩니다"-부하를 살리려고 이 말을 한 함장은 해
임됐다

창문을 뒤흔드는 음산한 기운 온 대지에 감도네

* 조반니 보카치오의 작품 인용.

단테의 교향곡*

1악장(지옥)

배암아, 어찌 사악하게 태어난 것이더냐
너를 세상에 내놓은 것이 네 어미냐
어두운 무저갱으로 들어가라. 깊숙이

서리 까마귀 꽁지깃 내리고 우는 아침이다
나뭇잎들 앙상한 가지에서 흩어질 때
이브의 부끄러운 곳 가려줄 무화과 한 잎 없어라

2악장(연옥)

먼동이 터오는가 바람은 차고 부드럽다
미끈한 갈대 띠로 말갛게 씻고 나오렴
배암이 넘실거리는 까치 둥지에 손 넣지 말고

베아트리체가 간 길은 융단 같은 꽃길일까
양들의 낑낑 소리, 올리브나무에 이는 바람 소리
초목이 꽃을 피우듯 희망의 선율 달을 쏘네

3악장(천국)

온종일 햇살 받으며 꽃 무리 속 뛰놀고
문살에 달빛 스며 아리아를 부르는 밤
누구도 사랑의 허기 있는 줄을 몰라라

* 프란츠 리스트가 「신곡」을 읽고 작곡한 교향곡 제목.

2부

순환 열차 달린다

포의풍류도布衣風流圖[*]

계곡물에 발 담그고 물소리에 귀 씻는다

읽던 책도 내려놓고 나부끼는 잎을 본다

허물을 벼슬 윗머리에 앉혀놓은 세상에선

와각지쟁 蝸角之爭

전동차 노인석에
두 여자가 일 벌였다

민쭝 까 너부터 까 이것이 어따 반말

진종일 머리채 잡히고도
순환 열찬 달린다

오늘 아침, 나는 책을 읽었다*

잡풀은 잡풀끼리 지면 하나 얻었다고,
키 작은 나무들은 끼리끼리 키 자랑에,
뒷짐 진 오래된 나무들은
심사心思가 흐려졌어

풀들아 나무들아 저 세계로 향하렴
민들레 꽃씨 날듯 훨훨훨 날아가렴
이 아침, 영대정집映帶亭集 읽는데
매미 소리 요란하다

* 연암의 글 「답경지」에서 인용.

41

신新 헌화가

에스컬레이터 오르는데 꽃을 든 한 사내가
갑자기 다가와서 내게 꽃을 건네준다

신라 때 소 끌던 노옹처럼, 그럼 나는 수로부인

절벽 끝 바위틈에 주홍빛 나리꽃을
꺾어줄 이 그 누군가 바란 적도 없었는데

묻지 마, 폭행 그 옆에선 꽃을 주는 이도 있다

촛불 없는 저녁 풍경

별 하나 서산마루 마중하며 깃든 시간
광장 끝 아코디언 목이 메어 떠는 소리
가던 길 멈추어 서서 젖어보는 숨결들

몸부림 울부짖음
주름진 시름 안고
뜨겁게 불태우며
파도처럼 들끓던 곳
바람은 늘 일고 있어
그 누구나 언제나

리코더 든 여자아이 연주자 옆 다가가서
어메이징 그레이스 힘껏 불며 눈 맞출 때
관중도 어깨를 걸고 콧노래를 부르네

저기 저 소나무

시간은 딱 멈췄다. 그날 아침 그 공원에
시계는 이 원짜리* 지금까지 멈춰 있다
"살아도 산 것 아니오. 빼앗긴 강산에선"

누구든 죽을 시간 맞춰놓은 이 있었는가?
죽어서 살아 있는 산천 울린 이십오 세 윤봉길
"조국이 먼저이니라. 아비 없음을 슬퍼 마라"**

목청껏 나, 너 제 이름 마음껏 부르라고
내일의 해 새로 뜨길 목숨 끊어 바랬었던
그의 뜻 깃든 소나무에 가만 손을 대어본다

* 윤봉길 의사가 김구 선생과 바꾼 시계.
** 아들들에게 보낸 윤봉길 의사의 편지 중 일부.

매화 마중

섬진강 물 풀렸다는 소식도 받기 전에
매화 홀로 먼 길 오는 몸 트는 소리 있어
다정한 햇살 품고서 버선발로 나가오

그립다 아니하며 이 마음 숨겨두고
긴 세월 북풍한설 터진 마디 맞잡고자
흐르는 달빛 밟으며 더운 심장 안고 가오

백두에서 한라까지 가슴에 품어 안고
오천 년 지녀온 얼 한 지붕 아래 들어앉아
새벽은 다시 오리라 잠든 향을 깨우오

흰 꽃이 검은 꽃 되리

재를 넘고 물을 건너 험한 벼랑 굽이돌아
압록강 둔덕에서 고향 하늘 바라보니
무심한 기러기 떼만 구슬피 울며 나네

이곳이 어디인가, 애끊는 저 기러기
귀 막고 죽음처럼 고요히 견디려니
두고 온 젖먹이 울음 만 리 예서 다 들리네

까마귀도 제 둥지서 자오慈鳥, 반포反哺 불리는데
오랑캐 발밑에서 밤낮없이 짓밟힌 몸
꽃 한 번 피우지 못한 꺾인 가슴 부여잡고

몸 풀려 돌아오니 윤리의 문 굳게 닫혀
올곧은 정신 줄을 꼿꼿이 세워봐도
환향녀 화냥년 되어 지조志操의 잎 찢긴 생애

밤손님

가져갈 것도 없는 살림이다, 그래도

이것저것 숨겨놓고 외박 후 돌아와 보니

쏴아 하, 경안천 물소리 들어앉아 놀고 있다

빵만으론 살 수 없다*

권력의 힘, 배도 산 위에 올려놓을 수 있다

한 발짝 내디딜 힘, 숨 쉴 힘도 없었다
볼가강의 큰 배巨船를 인부들이 끌고 간다
새로운 산등성에는 붉은 구름 뒤덮이고

농노해방, 새 깃발은 안개 속 하루살이
"노동하지 않으려면 먹지도 말아라"
구호를 외치고 외치게 하는 감시인의 날 선 눈빛

암담한 눈보라가 뼈마디를 휘감아도
생기를 불어넣은** 주인이 있는 그들
화사한 햇살 등어리에 은은하게 내려온다

서향 빛 받고 가는 주름진 무리 속에
살아온 기적이 살아갈 기적이 된다는*** 청년
삼동三冬을 지나온 햇볕 기다려요. 저기서

메아리의 방*

밤 열한 시, 지니야!
너는 졸리지 않아?

조금은 피곤해요
그러나 졸리진 않아요

결국은 알고 있는 대답
TV 화면이 뿌옇다

드라마도 골라주고
교양 프로도 추천하는

자식보다 더 많이
대화하는 기가지니

내 생각 내 영혼을 사각사각
사과 먹듯 베어 먹네

* 인공지능이 만드는 메아리의 방. 다른 생각을 접할 기회를 잃어가
는 현상으로 붙여진 말.

사과

이브의 눈동자를 연 눈부신 빨간 사과
어디서나 미소 띠니 입 안 가득 침이 고여
상징은 존재에서 멀고 여전히 유혹 유희

농부의 사과들이 바닥에 뒹굴고 있다
태풍이 때 없이 몰려오고 몰려가고
해마다 사과 농부는 울 수도 없는 세월

해수면의 온도가 조금씩 오르더니
사과나무 나뭇잎들 우수수 휘청거려
한반도 사과밭들이 갈 곳을 잃어간다

마그리트의 푸른 사과만 두리둥실 벽을 채워
손주는 사과 맛을 기억할 수 있을까
아득히 사라져 가는 새콤달콤 사과 맛을

부대찌개

우리는 미군 부대를
저택이라 불렀다

철조망 담 넘겨져 온
먹다 버린 햄, 소시지

깊숙한 들통에 넣어
눈물을 푹 끓였다

귤이 탱자가 됐나
탱자가 귤이 됐나?

허기의 근육으로
만들어낸 이 메뉴가

뉴욕의 한복판에서
사랑받고 살고 있다

지금, 여기의 삶
-아이티 포르토프랭스

푸른 물색 카리브해, 바라만 봐도 눈이 부신
강진强震이 휩쓸고 간 히스파니올라섬 폐허엔
얼굴이
까만 아이들
진흙 쿠키 먹고 있네

그 거리에 넘쳐났던 시신들 세월 흘러
누구의 해골인지 누구의 뼈들인지
붉은 피
흘러넘치는
조각들로 태어나

신령스런 흑인, 가공의 동물, 독특한 새들
꽃 속에 들어앉아 빵을 먹는 아이까지
예술은
희망의 지렛대,
심장에 불을 켠다

살곶이

청계천이 중랑천 만나 한강으로 흐르는 길목
동쪽으로 펼쳐진 너른 벌 전곶평
오늘날 뚝섬이라 불리는 화살 쏘던 살곶이

함흥차사 내려놓고 아들 앞에 나선 아비
살곶이 그곳에 와 신궁은 활 날린다
자식을 향한 화살이 어찌 바로 꽂힐까

권력은 피붙이도 내려치는 칼부림
피에 물든 붉은 광목 한강 물에 씻어내도
역사는 지우지 못해 붉게 물든 피비린내

낙옹비설樂翁碑說 읽는 밤

동녘 하늘가에 구름장이 먹빛이다
멀리서 가까이서 들려오는 우렛소리
벼루에 빗물을 받아 골계 글을 쓰더니

귀를 닦았을까 눈을 씻었을까
버젓이 살아 있는 산천초목 이 산하인
고려를 원나라에 귀속해 살자 하는 소리 보고*

집 잃고 다리 뻗을 소견도 소견이다
내 주권 다 내주고 육신 잠시 편하고자
기대어 살려는 무리 예서제서 들끓느니

낙옹이 피를 토해 문장으로 막았기에
그 문장 앞에 놓고 무릎 꿇고 서책 연다
자구字句나 꾸미고 있는 이 비천함이여, 먹장이여

* 고려 충숙왕 때 유청신과 오잠 등이 원나라에 청하여 고려라는 나라 이름을 없애고 한 행성行省으로 두기를 획책하였다. 이때 익재가 원나라에 글을 보내 그 부당성을 열거하여 봉쇄하였다 한다.

송곳

피 한 방울 흔적 없이 단번에 찌르는 너
광대뼈 떨리도록 웃으면서 말하라는
고수도 못 되는 저 송곳이 아무 데나 찌른다

무심코 나도 가끔 세상이 만만할 때
콕 찌르며 내뱉던 말 그 말 이제 내게로 와
낯 붉은 심장에 고여 피로 뚝뚝 흐른다

바리데기

저문 해가 발뒤꿈칠 물고 있는 시장통에
각설이 타령 한창 바둥거리며 맴을 돈다
꽃 지붕 손수레 안엔 큰북 작은북 장구 소고

갓 쓰고 누더기 입은, 숯검댕이 짙은 눈썹
가위질 철컥 소리 호박엿, 갱엿이요
구경꾼 아이들 줄줄이 손뼉 치며 뒤따르고

슬픔이 문 닫으면 또 한 슬픔이 문을 여는*
술병을 끼고 사는 주정뱅이 아버지와
욕창에 시달리느라 날을 새는 어미가 있다

땟거리 벌기 위해 엿판을 든 소녀 가장
서슴없이 나선 이 길 목쉬도록 부르는 타령
흥겨운 소리 따라 뒤쫓는 나, 진정 본 건 무엇인가?**

* , ** 허수경의 『혼자 가는 먼 집』 시집에서 인용.

우리에게 하양이 있을까*

우리는 옷을 벗고 알몸으로 탄을 캔다**
땀으로 범벅이 된 까만 광택 조각상들
개처럼 탄갱 들보 피해 기어가는 무릎들

비가 와도 어김없이 갱도 속을 달린다
바위산이 갱 위에 있어 걱정 없다. 비쯤이야
이런 날 목욕을 한다. 빗물 받아 저녁 내내

두 눈만 반짝이는 새까만 얼굴인데
제 아비를 알아보는 아이들이 있는 한
모두는 즐거워했다. 탄광촌이 있어서

---

* 김혜순 시집 『날개 환상통』에서 인용.
** 조지 오웰의 『위건 부두로 가는 길』 1부 2장에서 인용.

3부

우리는 무엇을 할까

징검다리

안개도 딛고 가고
눈비도 딛고 가고

왜가리도 나를 딛고
수달도 딛고 간다

묵묵히 인연의 길 터주는
부동不動의 등어리를

신발 끄는 저 소리는
꽃들의 시간이다

불어난 물길이야
누군들 막아낼까

묵묵히 누워 있을 때
바람도 스쳐 간다

4월

흰 구름, 물속에서 헤엄치는 잠깐 사이
물오리 떼를 지어
훼방을 놓고 있고
연둣빛 버들잎들은 바람 발목 잡아끄네

개나리 황금빛에 눈이 부신 저편 낮달
외롭단 말 못 하고
내 등 뒤에 찰싹 붙어
풀밭을 함께 걸었다. 부활하는 이 봄 길

초원의 아침

암스테르담 미술관에
베르메르의 그림 하나*

밤낮없이 우유를 따른다
침침한 부엌에서

이 세상
기아飢餓를 위해
그 여인은 오늘도

* 베르메르의 〈우유를 따르는 여인〉.

보름달

잠실나루역 한쪽 길로
늙은 내외 걷고 있다

목 없는 런닝 입고
터진 배낭 멘 남편한테
어이구,
겉옷일랑 입지
창피해서 죽것네

덥자녀, 임자나 잘 챙겨 입으시게

앞섶 터진 옷 사이로
희끄무레 내뵈는 젖

가로수
가지 새에서
빙긋 웃는 보름달

못질 소리

어둠도 가시기 전 어디선가 못 치는 소리
예수가 못 박혔다는 산딸나무 꽃가지에
새 앉아 우는 소리를 못 치는 소리로 듣네

모서리와 모서리를 틈 없이 맺어주고
떨어진 인연들을 끈 없이도 이어주는
공사장 못질 소리를 죄인 박는 소리로 듣네

십자가에 못 박힌 건 사랑을 위함이라
입술로 전해지며 몸에 스민 사랑으로
이제는 망치 소리도 새소리로 듣는다

발코니에서 부르는 축배의 노래*
— 코로나19

때죽나무 화려한 외출 강물에 몸을 풀자
사랑했던 물고기들 떼로 몰려 죽어간다
이처럼 우울한 빛깔 복병처럼 스며드네

뜬금없이 창궐해 온 알 수 없는 비말들이
누구든 가리지 않고 평등하게 옮겨붙어
한 방울 피 흘림 없이 내리치는 살인마

낙엽이 쌓이듯이 나뒹구는 시신 앞에
호곡도 할 새 없이 거리 두고 보내면서
눈물로 희망가 부른다. 미친 듯이 터질 듯이

* 코로나19가 번진 2020년 1월 말부터 2020년 3월 27일 현재 이탈
리아는 확진자 8만 6498명, 사망자 9100명 발생. 이에 시민들이 발
코니에 나와 위로의 노래를 불렀다.

우리는 무엇을 할까
-코로나19

노래방 업주들이 조등弔燈을 내걸었다
상복을 차려입고 고사告祀를 읽어간다
광장엔 비둘기조차 다 떠나 텅 빈 자리

나만의 나락奈落이면 옥죄며 여미련만
안개로 한 치 앞도 볼 수 없는 이 계절에
닦아도 또 닦아봐도 사라지지 않는 안개

풍경을 바꾸진 못해, 햇살 나면 걷히려나
안개등 전조등 켜고 빗질하듯 가보는 거야
마이크 녹슬지 않게 노래 부르며 춤도 출까

별이 지듯
- 코로나19

누구의 죄였을까, 누구의 십자가인가
흩어지는 비말들이 소리 없이 스며왔다
눈썹마저 까무러치는 이 선홍빛 역신들

바위까지 얼어붙은 불투명한 이 계절에
숨결처럼 밀려와서 세상 풍경 바꿔놓고
유령은 내 영혼까지 새하얗게 갉아놓네

충만함

구름도 마실 나간 하늘도 환한 한낮
바람이 살랑대는 산책로 양옆으로
들국화
향기가 번져
빈 들을 꽉 채우네

풀 한 포기 우주에 와, 향기 놓고 떠나는 길
하루살이 떼를 지어 조용히 제 올릴 때
억새 숲
햇살 가득히
새 둥지를 품고 있네

바람의 환幻

땅이 토해내는 숨결을 바람이라 했다
그 바람 유랑으로 지상에 발을 딛고
온 사방 북풍이 치면 북풍 따라 요요寥寥해

때때로 보리밭 길 풀피리도 불어가며
기우는 시간 위에 기우뚱 서도 보고
안과 밖 시절과 방향에 갈기를 내려놨다

한 백 년 바람으로 이 골목 저 골짜기
헤집고 다녀봐도 잡을 손이 하나 없어
광막한 바다와 대양 푸른 하늘 맴도 돌고

이제 와 머문 곳은 한적한 서쪽 들녘
새소리 벗을 삼아 달빛과 속살대며
들풀들 가는 숨결에 귀 기울여 듣는다

조건阜巾을 읽는 시간

해돋이 보기 위해 속초항에 나가 섰다
해는 벌써 구름 속에 떠오른 지 오래라며
어물전 아지매 손에 횟감 생선 푸득이네

좌판엔 물고기들 눈을 뜨고 죽어 있다
눈 감을 새도 없이 미늘에 낚인 생들
청춘의 무덤은 어디, 희망의 섬은 어디

눈 뜨고 아가리 벌린 메기 홀로 깔딱이며
구조를 요청하는 흐물진 깊은 눈빛
바다는 아랑곳없이 출렁이고만 있었다

비가悲歌
─ 빙하의 죽음

죽음은 늙거나 아픔의 다른 언어
'빙하가 죽어간다' 애끓는 탄식 소리
죽는가, 풀의 마름같이 빙하가 어찌!

빙하가 녹는 것을 보고 있는 메피스토펠레스
뒷짐 지고 미소 지며 먼 곳을 주시할 때
시인은 시의 존재론만 묵도하며 펴고 있다

페리토 모레노 빙하 무너지며 내는 굉음
유빙 위 뒤뚱뒤뚱 펭귄들의 찢는 울음
설원雪原서 주어진 빙하 맥없이 내려앉네

기후변화 경고음이 여기저기 번져갈 때
때늦게 부르짖는 지상에서의 구원의 노래
향 피워 진혼 연민송 부르는 오호 감정들

72

그날

"내가 너를 보호한다. 구름 기둥 불기둥으로"

　태초의 말씀은 보지 않고도 믿을 때 복이 있다고 했는데 나는 보고 나서야 믿는 버릇이 있네. 40도를 오르내려 머리에서 쥐가 나는 몽골 사막. 끝없이 펼쳐진 광야에서 한쪽 하늘이 구름바다인 것을 보았네. 그 그늘 아래 초원을 뒤덮은 새까만 염소 떼와 흰 양 떼의 무리가 한가로이 풀을 뜯고 있네, 구름 기둥! 게르에서 밤새 오들오들 떨며 날을 새다 새벽에야 스르르 잠들었어. 누군가가 나를 포근히 감싸 안았나 봐. 눈떠보니 게르 안은 여전히 냉방 상태, 불기둥!

　기적의 손길은 끝없다. 숨 쉬고 있는 지금도

사춘기

정월인데 학교 앞에 개나리꽃 피었네요
제철도 몰라보고 허겁지겁 꽃이 폈네
웬걸요, 초등 오륙 년생들도 노랑머리 천지예요

헤어 숍 언니들은 동정 어린 눈길이죠
노랑머리 파랑 머리 소년 소녀 물들일 때
엄마도 못 이기는 애들 선생들도 못 이기죠

겨울도 없는 겨울 봄을 타고 싶은 거죠
사춘기, 봄이 좋아 서둘러 꽃피려고
남몰래 변신을 하는 공중변소, 화장실

탱탱볼 저 공처럼 어디로 튈지 몰라
지그시 눈을 감고 철 지나길 기다려요
철없이 불쑥 핀 꽃들 봄을 다툰 꽃향기

고요한 향기

검정 비닐 뚫고 나온
청송 사과 한 다발이

고단한 아침잠을 달큰하게 깨우고 있다

싱싱한 향 날개 달고
이불깃에 스민다

자국도 없이 소리도 없이
눈썹 위에 내려앉는

노동의 결실들이 향기로 다가와서

찰나를 깨치고 있다
향그런 땀의 체취

그곳의 취향

바람 한 허리를 두루 말아 걸치고
이방인 터벅터벅 골목에 들어설 때
고양이 두어 마리가 차 밑으로 숨는다

집시음악 흔들리는 침침한 주막 안엔
변기로 장식한 테이블 의자 술잔들
낯선 주점에 앉아 끓는 물소리 듣는다

요강 본뜬 컵 안에 오줌 같은 맥주 가득
소시지 한 토막도 고양이와 나누면서
취해도 취하지 않은 초인 닮은 방랑자

하는 말 저 얘기들 나를 두고 너를 두고
앞만 보고 가는 이나 뒤만 돌아보는 이나
세상은 피안을 향해 한발 한발 가고 있다

어느 사냥꾼의 하루

그가 뜨자 까마귀 떼 물러섰다. 제왕 독수리*

  방아쇠 당겨 쇠기러기 한 마리에 명중했다. 낙하
된 사체에 까마귀들 몰려들 때 순간 독수리 한 마리
가 날아든다. 까마귀들 움찔움찔 그 주위를 빙빙 돌
자 발톱 세우는 독수리. 모두 멀리 물러서서 풍경만
바라보고, 냄새 맡고 날아온 흰꼬리수리 조심스레 먹
이 옆에 다가가자 광기 서린 독수리 눈빛에 그도 슬
그머니 꽁지 뺀다. 쇠기러기 한 마리로 배를 채운 제
왕 독수리, 민통선 저 너머로 씩씩하게 날아가자 뼈
만 남은 사체를 물고 뜯는 까마귀들

  제왕의 배가 부르니 오늘의 사냥 대성공이야!

* 인터넷 중앙일보 2021년 2월 6일 기사에서 인용.

화서지몽 華胥之夢

오관을 편히 쉬려 낮잠에 잠시 든다

몸은 누웠으되 넋은 훨훨 날아간다. 뉘 집 울타리를 넘어도 잡는 이가 없네. 목단 향 일렁일렁 뜨락에 가득하다. 잠시 일을 놓으니 소반 위 호박잎 된장 쌈이 꿀맛이다. 이곳이 화서*의 나라인가, 노자의 마당인가? 통치자 없이 꽃 피고 꽃 지는 시절, 봄은 있고 여름이 없다. 가을은 있고 겨울이 없다. 몸月經하는 여아女兒들이 간姦하지 아니하다. 도둑이 없으니 대문도 없다. 남녀노소 장안에 가득해도 걸인이 없다. 어깨를 부딪쳐도 성내는 이도 없다. 잠자리 한 쌍 바지랑대 끝에서 간들간들 놀고 있다

바람결 잠에서 깨니 몸이 한결 가볍다

* 『산해경』 「해내동경」 곽박의 주에서 인용.

4부

나의 본적 本籍

나의 본적本籍

정신의 내명內明들이 소박하게 층 이룬 곳

건초 내음 싸리울에 깊숙이 고요진 곳

내 영혼 정수리 위로 언 강 깨는 쩌렁 소리

동백 지다, 미황사

스님, 스님! 들리셔요. 아름다운 저 소 울음
허허 그 소리는 땅이 흔들리는 소리란다
어둠과 빛이 부딪쳐 몸을 트는 소리구나

봐라, 저기 붉은빛 봉우리와 흰 기암들
여기 봐라, 산자락을 둘러친 사철나무
태초의 태초가 아닌 이곳 토말土末에서 빛이 나는

기척도 없는 달밤 잠시 쉬어 가고자 해
짐도 풀지 못한 몸이 별빛 속에 잠이 들어
한잠을 자고 깨보니 새하얀 절집이다

달마는 산도 들도 바닷가 거북이도
모두가 한 몸이라 드는 객을 반겨 맞아
춘동백春冬栢 현현玄玄의 바다, 발 딛는 곳 화엄이다

속의 말 다스리려 침묵에 든 나한 존자

어둠에 몸을 씻고 샛별에 깨친 이마
동백의 붉은 뒤꿈치 본다. 추녀 끝에 나앉아

스님, 스님! 보셔요. 동백이 지고 있어요
허, 쇠등을 타고 해가 서산 넘나 보다
지는 건 하나도 없다. 별도 예 와 눕는다

적요寂寥

툇돌 위 가지런한 흰 고무신 두 켤레
노스님 묵주기도 동자승 조는 염불
산 너머
넘어온 가을볕
마당가에 설핏하다

귀양살이 배롱나무 외피가 근질근질
산비둘기 구구 울음 깨어나는 산중 고요
동자승
찻물 끓이러 가는가
신발 끄는 소리만

관촉사

강경 들 품어 안은 반야산 아래 관촉사
단풍잎은 대광명전 마당 가득 불 밝히고
윤장대 돌리는 아낙 손 위로 미륵 눈길 따사롭다

해탈문 들어서다 이마를 부딪힌 나
몸과 맘을 낮추라는 말씀으로 받아 들고
한 걸음 나아가 서니 반겨 웃는 배례석

햇살은 나절가웃 석등에 들어앉고
경건히 예 올릴 때 가시지 않는 번뇌!
노을빛 저 저 단풍 빛, 서기瑞氣처럼 내려앉네

옴 마니 반메 훔

연꽃 속에 보석 있다기에 꽃 찾아 나섰네

꽃을 밟고
다닌 발굽
나비 한 마리 따라오네

보석은
찾을 길 없어
나비 홀로 팔랑팔랑

시간의 소유

구름 한 점 없는 정오, 들길을 홀로 걷네
갈바람 서걱대는
빈 들의 저만치를
마른 풀 향기를 달고 하늘 땅을 채우네

가을은 고달프게 저물어 지친 들녘
탈골된 체구마다
흙 속으로 스며드는
다시 올 시간 바라며 나 향기에 취하네

평범한 기적

깃을 치는 새들의 날갯짓 소리 요란하다

개미들이 어디론가 몰려가고 있다. 공중에서 땅에서 비 온다는 신호들을 보내온다. 바람보다 먼저 쏟아지는 빗줄기 얼마나 억척같이 퍼부을지 몰라 서성거리는데 아무렴 억수로 퍼붓는다. 정원 여기저기 거미줄은 찢겨 나가고 거미는 간데없다. 하늘은 어둡고 산천초목 숨죽이는데 검은 구름 심술이 보통 아니다. 손주 랑이는 계속 *"비, 가면 케익 사러 가자"* 조른다. 저 비가 언제 제집으로 가려나! 먼 데서 들리는 소식, 홍수 난 마을에선 소들이 마침 지붕 위로 올라갔다는데. 빗방울은 계속 자라고 있다. 구름이 무너지려나 보다

깃 치던 새들 보이지 않네. 무사해라, 모두들

골목 햇살

엄마는 나 죽어도 울지도 않을 거야!
언니만 예뻐하는 엄마니까, 뿔이 났다
저녁쯤 담요를 들고 헛간으로 숨었지

오밤중 집안 발칵 뒤집히고 횃불 앞세우고
내 이름 골목골목 문고리를 뒤흔들고
연장을 들고 들어온 아재에게 들켰지

날 안고 흘리시던 엄마의 뜨거운 눈물
"햇살은 모두에게 똑같이 내리잖니"
퇴근길 밝혀주시려 골목 나와 서 계셨지

부정 父情

1.

황금독화살수개구리 끄륵끄륵 구애의 울음 운다
듣고 있던 도마뱀은 슬며시 자릴 뜨고
한참 뒤 먼발치에서 울음 받는 암개구리

수컷이 암컷에게 몸기운을 쏟아붓자
눈 맞출 새도 없이 줄줄이 알을 낳고
암컷은 알만 놔놓고 쓱 떠나가 버리네

부화를 기다리며 홀로 지샌 긴긴밤과
올챙이 등에 업고 물가 찾던 고행도 잊고
물장구, 치는 새끼 보며 구애 울음 또 울지

2.

한밤중 고열이 나 기진한 딸을 위해
의원을 모시려고 밤길을 달려간 아버지
그날의 축축한 기억 문득문득 떠오른다

아득한 말

슬레이트 지붕 위에 듬성듬성 마른 망초
마당에 접시꽃과 잡풀들 야윈 낯빛
엎어진
개 밥그릇 옆
신발 한 짝 뒹구네

어려서 나 살던 옛집에 온 것 같아
문패도 없는 빈집 기웃거려 들어섰다
저만치
어머니 소리
들리는 듯 스치네

수 壽

빨대도 빨 힘 없어
찻숟갈로 받는 입술
이슬 같은 물 한 방울
새벽을 넘기셨다
뒤뜰엔
청미래덩굴
노을빛에 붉은데

나무에서 익은 열매
제물에 떨어지듯
생의 시간들이
자연으로 이끄시니
마지막
눈 맞춤마저
흔들리는 이 고요

그, 한마디

흰 광목 상복 벗어 마루문에 걸어두고
속옷 입은 그대로 주저앉은 내 어머니
이마를
무릎 사이에 넣고
질주하는 흐느낌

종갓집에 손이 없어 들여앉힌 작은댁이
곳간 문 광문을 먼지처럼 여닫으니
거처를
옮겨 앉으며
삭정이가 된 외할머니

대를 잇지 못한 죄인, 별인들 볼 수 없다
문고리 꼭 잠그고 마지막 부르던 말
"엄마 아"
숨이 잦아들며
가물가물 멎었다

가족사진

희미한 불빛 아래 식구들 앉아있다
밥상 위 김이 나는 누런 감자 한 소쿠리
누구도 일용할 양식에 먼저 손 못 내미네

서로서로 바라보는 따뜻한 그 눈빛에
아버지의 땀방울은 그렁그렁 젖어오고
오늘의 곡괭이는 꿋꿋이 내일을 세워가네

우리는 흔들리며 그런 저녁 늘 때우며
긴 터널 어깨 걸고 묵묵히 걸어 나와
지나간 젖은 시간들 툭툭 털어 볕에 거네

저물 때

하루는 나를 끌고 짐승 몰듯 달려간다

비상의 방식 한 번 펼쳐볼 틈도 없다

놓여진 다리마저도 다 건너지 못한다

여기까지 오는 동안 눈 깜빡 잔 듯한데

서쪽에 기운 달을 홀로 보는 흐린 눈매

조용히 꽃병을 들고 거울 앞에 서본다

감자

아래층 매리 아줌마, 튀긴 감자 들고 와서
벽에 걸린 〈감자 먹는 사람들〉 그림 보며
저 그림 너무 친근해. 나 어릴 때 밥상 같아

내 증조부 감자 기근* 때 혈혈단신 미국에 와
노동으로 시작한 삶 가정도 이루시고
손자인 내 아버지는 한국전쟁 참전해 나를 얻으셨어

하지가 오기 전에 감자알이 크는 동안
곯은 배 채우려고 칡뿌리를 씹어가며
본국 간 아버지를 떠올리려 감자의 사연 짚어봤지

서늘한 가족 내력 접붙지 못한 젖은 가지
감자꽃이 흰 꽃 자주 꽃 가족처럼 섞여 필 때
태평양 건너오는 바람에 귀 대보는 긴긴날들

엄마 품에 있던 아버지의 사진 한 장

그리움은 사치였어! 감자 튀겨 팔아온 생
사진 속 젊은 아버진 삭지 않은 그루터기

포물선

명절 때면 뒤꼍부터 집 안팎 어수선해
청소에 집 단장에 기와까지 들썩이는
아버지, 왜 저러시지 유난스레 까치는 우네

수업 종은 울렸는데 교감님 안내 방송
장학사가 오신다니 잠시 청소하라는 말,
평상시 하던 대로 하시지, 꼿꼿이 수업만 했지

멀리 사는 자식들이 어쩌다 온다 하면
온 집 안을 쓸고 닦고 곳곳에 불 밝히고
그분들 하시던 대로, 지금 내가 하고 있다

휘영청 밝은 달 아래서

살구나무 있는 곳은 어디나 고향 같다

눈 감고 떠올리는 고향은 언제나 눈물이다. 아릿한
포옹이다
　들국화 향내 번지는 고샅길이다
　발 시려 까치발 딛고 뛰는 마루다
　눈 쌓인 언덕이다. 밤새워 두런대는 흰 새벽이다
　소죽 끓이는 냄새다. 새벽녘 따슨 구들장이다
　낡은 벽지 속 사그락사그락 부스러지는 흙 부스러
기다
　모든 이의 언어다. 꽃이다. 이슬이다. 지붕이다
　받아줄 곳 없는 자의 구멍이다
　그저 막막할 때 끝도 없이 달려갈 수 있는 곳이다
　요긴하지 않은 일도 끼워 넣을 수 있는 곳이다
　그러나 삶을 잃고 머리 둘 곳 없는 사람아
　마냥 가고 싶은 그곳
　사람과 사람 사이 조화만 이룬다면

그곳이 어디메인들 고향이다. 사람아!

나는 누구인가

꽃이라고 말할까
폭풍이라 말할까

정의의 발바닥이 사랑 뒤에 서 있던 날

누군가가 내 이름으로 투옥됐대요. 배가 고파 빵
한 개를 훔치다 붙잡혀 십구 년 옥살이를 하고 나왔
죠. 노란 통행증 하나 받아 들고요. 이 통행증이 족쇄
일 줄 몰랐어요. 통행증을 내보이면 누구도 받아주는
이가 없었죠. 가난으로 받은 형벌이 너무 깊어 그 심
연의 세계에서 나는 반악마가 되어갔어요. 정직하게
만 살자는 마음이 자꾸만 꼬리를 감춰요. 은그릇을
훔쳤죠. 어린아이의 은화도 발밑에 숨겼어요. 악한
나를 스스로 막지 못하고 있을 때 내가 훔친 은그릇,
은촛대로 내 영혼을 사는 신부가 있었어요. 그걸 밑
천 삼아 사업에 성공하고 신분도 세탁했죠. 버는 돈
은 자선 기부와 가난한 이에게만 썼어요. 명예가 따

라붙데요. 또다시 본래의 나는 두 개의 죄목으로 수배 중이었대요. 은촛대와 은화 한 닢의 죗값이 종신형이라네요. 내 죄를 끈질기게 쫓는 경찰이 하는 말, 그 흉측한 죄인이 얼마 전에 잡혔다고 하네요. 흉측한 죄인이 바로 난데, 잡힌 자는 누구죠?

당신은 아시는지요? 진정 당신이 누구인지

참회록

어둠이 푸르스레 산 능선에 내릴 때면
서편에 큰 별 하나 저기 작은 별들
쓸쓸히 떠서 나를 본다. 부끄러운 이 속내를

그때 왜 제자들의 숨통을 조였을까
목련꽃 그늘에 앉아 오순도순 못 했을까
내 기준 내 방식대로 밀어붙인 교육 방식

젊은 날 서툰 행보, 목표 향한 모진 채찍
또 무심코 던진 말로 멍들게도 했을 거야
발자취 뒤돌아보니 희미해진 그림자뿐

'세상이라는 책상'에 놓인 '책'을 들추며

– 최도선 시인의
『나비는 비에 젖지 않는다』와 "어머니의 말씀"

장경렬 서울대 영문과 명예교수

기起, 마음을 울리는 소리에 이끌려

엉뚱한 이야기로 최도선 시인의 시조 시집『나비는 비에 젖지 않는다』에 대한 논의를 시작하고자 한다. 오디오기기 평론에 관여하던 시절, 나는 오디오기기의 내부를 살피다가 회로기판에서 시 한 구절을 읽은 적이 있다. 오디오기기 평론이라니? 원래 전자공학도가 꿈이었던 나는 어릴 때부터 온갖 전자기기를 조립하고 수리하다 보니 그 분야에 나름의 식견을 갖추게 되어, 한때 오디오기기 평론을 한 적이 있었다. 그 무렵에 '카운터포인트'라는 오디오기기 제조회사의 프리앰프에 대한 평론을 의

뢰받고 그 기기의 내부의 회로 구성과 부품 배치를 점검하다가, 회로기판 한구석에 무언가 글귀가 인쇄되어 있는 것을 확인하게 되었던 것이다. 살펴보니, 전자기기 설계와 제작과는 전혀 어울릴 것 같지 않은 T. S. 엘리엇Eliot의 다음과 같은 시구절이었다. "더할 수 없이 심원하게 울리어/ 전혀 들리지 않는 음악, 하지만 음악이 이어지는 동안/ 그대가 곧 음악이 될 만큼 심원하게 울리는 음악"([M]usic heard so deeply/ That it is not heard at all, but you are the music/ While the music lasts).

엘리엇의 『네 편의 사중주』(Four Quartets)에서 셋째 시편인 「드라이 설베이지스」("Dry Salvages")에 나오는 이 시구가 뜻하는 바는 무엇인가. 음악이 더할 수 없이 심원하게 울리면 이는 '귀를 건너뛰어 마음으로 감지된다'는 뜻이 아닐지? 비약일 수도 있겠으나, '귀에는 전혀 들리지 않지만 더할 수 없이 깊이 마음을 울리는 음악이 있다'는 뜻으로 받아들일 수도 있으리라. 아무튼, 그런 심원한 음악과 함께하는 동안 당신과 음악 사이의 경계가 없어져 둘이 곧 '하나'가 됨을 암시하는 것이 엘리엇의 시구일 것이다. 아니, 단순히 당신의 귀를 즐겁게 하는 음악이 아니라 당신의 마음을 깊이 울리는 음악과 마주하면, 그것이 실재하는 것이든 아니든 당신이 음악이 되고 음악이 당신이 되는 초월의 순간을 체험할 수 있다는 말로 이해할 수도 있을 것이다.

　최도선 시인의 시조 시집 원고를 읽는 도중에 어느 한 편의 시와 마주하는 순간, 학생 시절에 읽은 시의 한 구절을 엉뚱하게도 오디오기기의 회로기판에서 마주하고 상념에 잠겼듯, 이제 또다시 엉뚱하게 이 시구절을 떠올리고는 다시금 상념에 잠기게 된 것이다. 이처럼 뜻하지 않은 순간에 내 마음을 새로운 상념에 잠기도록 이끈 최도선 시인의 작품을 소개하자면 다음과 같다.

　　사물의 소리들을 눈으로 듣고 있다
　　창공에 부서지는 새들의 지저귐도
　　군작도群雀圖 참새 떼 소리 화폭 가득 붓는다

　　청력을 잃고 나서 마음으로 모은 소리
　　갯벌에서 들려오는 군해도群蟹圖 게 떼의 와글거림
　　세 악사 신바람까지 들썩였던 악기 소리

　　청록산수 바보산수 예수와 귀먹은 양
　　간절히 붓끝에 담은 청아한 저 소리들
　　군마도群馬圖 힘찬 말발굽 소리도 그림으로 듣고 있다
　　 　－「청록산수 바보산수 － 운보 김기창」전문

시인은 화가 김기창의 그림에서 화가가 "사물의 소리"
를 "눈으로 듣고" "마음으로 모"아 "간절히 붓끝에 담[았
음]"을 감지한다. 시인은 화가가 청력을 상실한 사람이라
는 점을 익히 알고 있기 때문이다. 널리 알려져 있듯, 김
기창은 어린 시절에 장질부사라는 역병을 앓고 청력을
상실하게 되었다고 한다. 그런 그의 그림에서 시인은 "참
새 떼"의 "지저귐"을, "게 떼"의 "와글거림"과 "세 악사"의
"악기 소리"를, "예수와 귀먹은 양"의 "청아한 저 소리들"
을, 말들의 "힘찬 말발굽 소리"를 마음으로 감지하고 있
는 것이다. 말하자면, 청력을 잃었기에 귀에는 전혀 들리
지 않지만 마음으로 깊이 울리는 온갖 소리를 화가가 화
폭에 담았음을 시인은 상상 속에 떠올리는 동시에, 그림
으로 형상화되어 있을 뿐이어서 귀에는 전혀 들리지 않
는 소리에 마음의 문을 열고 있는 것이다.
　청력을 잃은 화가의 그림에서 소리를 감지할 수 있음
을 시화詩化한 「청록산수 바보산수」는 예사롭지 않은 작
품이다. 어쩌면, 누구도 쉽게 체험하지 못할 법한 시적 인
식의 순간을 보여 주는 것이 이 작품이기 때문이다. 시인
의 시적 인식에 우리 나름의 이해를 덧붙이자면, 엘리엇
의 말대로, 화가가 "사물의 소리"를 "눈으로 듣고" "마음
으로 모"을 때, 그는 곧 소리가 되고 소리는 곧 그가 되는
'초월의 순간' – 즉, 현세적인 감각과 인식의 한계를 뛰어

넘는 순간 - 을 체험했을 것이다. 곧이어 전혀 귀에 들리지 않지만 눈과 마음으로 모은 소리를 화가가 "간절히 붓끝에 담[는]" 순간 그는 곧 그 그림과도 '하나'가 되었을 것이다. 이처럼 화가 김기창이 눈과 마음으로 모은 소리를, 전혀 들리지 않지만 화가의 마음을 심원하게 울리는 온갖 소리를, 자신과 '하나'인 소리를 화폭에 형상화해 놓은 것이 그의 작품들이라 할 수 있을 것이다. 만일 그의 그림이 그처럼 많은 사람에게 깊은 울림을 주는 이유가 무엇인지에 대해 묻는다면, 우리는 최도선 시인의 시에 기대어 이처럼 '시적'인 해명을 시도할 수도 있겠다.

아무튼, 시인이 의식적으로든 무의식적으로든 감지한 것은 화가 김기창이 화폭에 담아 놓은 "사물의 소리"다. 다시 말해, 시인은 청력을 상실한 화가의 그림에서 '전혀 들리지 않지만 화가의 마음을 심원하게 울리던 소리'가 살아 숨 쉬고 있음을 깨닫는다. 이는 물론 시인이 심원한 울림의 소리가 담긴 그림들과 '하나'가 됨으로써 가능케 된 경지라고 할 수도 있겠다. 인식론적으로 보면, 주체가 대상인 객체와 '하나'가 되는 직관적인 인식의 경지가 실현되었음을 의미한다. 하지만 그와 같은 경지가 자의적恣意的인 자기 몰입의 과정이 아님을 말하려는 듯, 시인은 각 수마다에 시각적인 암시가 담긴 표현을 잊지 않는다. '창공에 부서지다'라든가 '신바람까지 들썩이다'나 '말발

107

굽 소리가 힘차다'가 이에 해당하는 것으로, 시인은 여일하게 그림이 지닌 시각적인 아름다움에 눈길을 떼지 않고 있다.

이처럼 현실적이고 물리적인 한계를 뛰어넘어 존재 가능한 직관적 또는 초월적 인식의 문제 – 예술 작품 창조에든 이해에든 핵심이 되는 인식의 문제 – 를 간명한 언어로 시화한 멋진 작품이 수록되어 있는 시집이 최도선 시인의 『나비는 비에 젖지 않는다』이다. 이 같은 작품이 수록된 시집의 출간에 어찌 기꺼워하지 않을 수 있겠는가. 기꺼운 마음으로 시집의 목차를 다시 훑어보니, 모두 네 묶음의 작품으로 구성되어 있다. 시인의 귀띔에 따르면, 앞서 논의한 작품 「청록산수 바보산수」가 수록된 제1부에서는 주로 인간의 보편적 정서나 예술혼을 소재로 한 작품을, 제2부에서는 삶과 현실 사회에 대한 상념이 담긴 작품을, 제3부에서는 충분하고도 충만한 세계 속에서 그 세계에 대한 사유로 이루어진 작품을, 제4부에서는 시인이 처한 실존적 정황에 대한 생각을 정리한 작품을 모아 보고자 했다 한다. 이 같은 분류는 일종의 포괄적인 길잡이에 해당하는 것으로, 자로 재듯 엄밀하게 개별 작품의 성격을 규정하는 것은 아니다. 어찌 보면, 시집에 수록된 작품 전체가 삶을 살아가는 과정에 시인이 경험하고 느낀 바와 생각한 바를 모은 '삶에 대한 기록'이라고 할 수 있을 것이다. 따라서 시인의 '부 나눔'에 유념하되, 특히 내 눈길과 마음을 끌었던 작품들에 대한 내 나름의 논의를 이어가고자 한다. 사실 내 눈길과 마음을 특히 강하게 끌었던 것은 시인이 몇몇 작품에 담아 놓은 "어머니의 말씀"으로, 시인이 이어간 이번 시집의 모든 시적 진술의 저변에 놓은 것은 바로 "어머니의 말씀"일 수도 있다는 것이 나의 판단이다.

承, "어머니의 말씀"을 '길잡이'로 삼아

내가 이 같은 판단을 앞세우는 것은 공교롭게도 이번 시집의 맨 앞자리에 놓인 작품이 "어머니의 말씀"이 담긴 「책상」이기 때문이다. 이 작품이 시집의 맨 앞자리를 차지하고 있다는 사실은 나름의 의미를 갖는 것일 수 있거니와, 이는 이어지는 시인의 시적 탐구의 저변에 놓인 시정신이 무엇인가를 가늠케 하는 일종의 '길잡이 역할'을 할 수 있기 때문이다. 시인의 전언에 따르면, 양가의 부모님께서 10여 년 전에 세상을 떠나시고 나니 정신이 들어, 오랜 세월 손 놓았던 시 창작 작업을 재개했다고 한다. 이 세상의 모든 자식이 그러하겠지만, 부모님께서 돌아가시면 부모님의 말씀이든 표정이든 모두 다 새롭게 떠오르게 마련이다. 시인이 시 창작 작업을 재개한 것은 아마도 그런 부모님의 흔적을 더듬어 찾아 함께하기에 편안한 자리였기 때문이리라. 간명하지만 깊은 지혜가 담긴 "어머니의 말씀"으로 이루어진 이 작품을 함께 살피기로 하자.

> 어둔 밤 더듬더듬 새로운 길 찾아간다
> 어머니의 말씀은 "세상이 다 책상이다"
> 사소한 바람까지도 허공 위의 책이다
>
> 강물이 흘러가는 물살에도 길이 있다
> 민들레 꽃씨 나는 것을 허투루 보지 마라
> 꿈이란 아무 곳에나 머무르지 않는다
> ―「책상」 전문

이 연시조의 첫째 수 초장에서 시인은 자신이 이어가는 삶의 과정을 "어둔 밤 더듬더듬" 찾아가는 "새로운 길"에 비유한다. "새로운 길"을 찾아가는 데는 지도든 이정표든 길을 안내하는 무언가에 의지하게 마련이다. 시인에게 이 같은 길잡이의 역할을 하는 것은 첫째 수의 중장에서 밝히고 있듯 "세상이 다 책상"이라는 "어머니의 말씀"이다. 평범해 보이나 이 말이 뜻하는 바는 의미심장하다. "세상이 다 책상"이라는 말에는 세상 어디서 무엇과 마주해도 '자신이 학생'임을 잊지 말아야 한다는 뜻이 담겨 있다. 즉, 배움이란 '학교라는 제도'를 통해 이루어지는 과정만은 아니라는 것이다. 또한 삶의 새로운 길을 찾기 위한 배움은 공인된 지식의 체계 바깥에서도 이루어질 수 있다는 뜻을 전하는 것이 "어머니의 말씀"이기도 하다. 한편, 첫째 수의 종장을 이루는 것은 "사소한 바람까지도 허공 위의 책"이라는 말로, 이는 "세상이 다 책상"이라는 말씀에 이어 어머니가 했을 법한 또 한마디의 말씀이리라. "사소한 바람"이 결코 '사소한 것이 아님'을 깨우치는 말씀인 것이다.

둘째 수의 초장과 중장과 종장은 모두 "어머니의 말씀"으로 이루어져 있다. 우선 "강물이 흘러가는 물살에도 길이 있다"는 세상사가 아무리 제멋대로인 것 같지만 거기에는 반드시 '흐름의 길'이 있음을 빗대어 한 말씀이리라. 아울러, "민들레 꽃씨 나는 것을 허투루 보지 마라"는 "사소한 바람까지도 허공 위의 책"이라는 말씀과 같이 '사소한 것을 사소하게 여기지 말라'는 뜻을 담은 것일 수 있다. 하지만 이어지는 또 한마디의 어머니 말씀인 "꿈이란 아무 곳에나 머무르지 않는다"의 영향을 받아 '아무리 미미한 존재라도 그것이 어딘가를 향해 날아가는 것은 꿈을 실현하기 위한 것임을 잊지 말라'는 뜻으로 읽히기도 한다. 즉, "민들레 꽃씨"와 "꿈"은 서로에 대해 기표記標,

signifiant와 기의記意, signifié의 역할을 함으로써, 그 의미를 강화하고 있는 것이다. 이에 따라 길을 가더라도 머물 곳을 찾아가는 길이 되도록 신중해야 함을 암시하는 것이 둘째 수의 중장에 이어지는 종장에 담긴 "어머니의 말씀"일 수 있다.

시인이 작품의 첫째 수와 둘째 수에 담은 "어머니의 말씀"은 물론 임의적인 선택에 따른 것이 아니다. 이와 관련하여, 첫째 수의 말씀은 '책상'과 '책'의 이미지로 연결되어 있으며, 둘째 수의 모든 말씀은 '길'의 이미지와 '길을 따라가 머물 곳'의 이미지로 연결되어 있음에 유의해야 할 것이다. 구조적으로 보자면, 첫째 수의 초장과 둘째 수의 종장은 두 수로 이루어진 이 연시조 전체에 대한 초장과 종장 역할을 한다고 볼 수도 있다. 우선 우리는 첫째 수의 초장에서 "어둔 밤 더듬더듬 새로운 길 찾아"가되 어떤 길로 가야 할지 망설이는 시인과 만난다. 이어서 첫째 수의 중장과 종장 및 둘째 수의 초장과 중장에서 시인에게 길잡이 역할을 하는 "어머니의 말씀"과 마주한다. 마침내 둘째 수의 종장에 이르러 또 한마디의 어머니 말씀에 인도되어 길을 가더라도 어디에 이르는 길을 가야 할 것인지를 깨닫는 시인과 만난다. 즉, "어머니의 말씀"에 따르면, 길을 가더라도 "꿈"이 머물 수 있는 길을 가야 한다는 것이다. 첫 시구를 제외한 모든 시구가 "어머니의 말씀"

에 대한 인용으로 이루어져 있지만, 「책상」은 '임의적인 말씀 인용의 임의적인 배치'가 낳은 작품이 아닌 것이다. 아무튼, 앞서 잠깐 암시한 바와 같이 이 작품에서 감지되는 시인의 마음 자세는 이번 시집에 담긴 시적 탐구의 저변을 이루는 것일 뿐만 아니라 시인이 이제까지 시도하고 앞으로도 시도할 모든 시적 기도企圖에 '길잡이'가 될 것이라는 것이 나의 판단이기도 하다. 사실 앞서 우리가 주목한 「청록산수 바보산수」조차 '세상이라는 책상'에 놓인 '책'을 한 장 한 장 들춰가며 시인이 시도한 '책 읽기'가 아니겠는가.

추측건대, 이번 시집에 표제標題를 제공한 작품인 「나비는 비에 젖지 않는다」도 "어머니의 말씀"에 대한 시인의 상념을 담은 것은 아닐지? "나비는 비에 젖지 않는다"는 "세상이 다 책상이다"들의 말과 같이 간명하면서도 시적 함의가 깊다는 점에서 우리는 그와 같은 추측으로 이끌리지 않을 수 없다.

시간을 버린 죄로 날개가 꺾였어요
비가 오네 궂은비가 서럽도록 비가 오네
청산을 떠나 사느라 꽃 핀 줄도 몰랐어

화살같이 날아가는 시간을 늘 놓치고

챗바퀴 돌듯 도는 유령 닮은 난제들이
무시로 생의 한가운데 출몰했다 사라지고

수만 번 날갯짓에 돌아온 둥근 시간
빗속을 날아가도 젖지 않는 날개라오
서서히 품어야 하는 시간이에요. 꽃들을
―「나비는 비에 젖지 않는다」 전문

이 시의 제목이 말하듯, "나비는 비에 젖지 않는다." 나
비는 아예 빗속을 날 엄두를 내지 않기 때문이다. 비가 오
면 얇디얇은 나비의 날개는 높아진 습도로 젖게 되고, 대
기의 기압이 낮아져 공중에 떠 있는 일조차 어려워지기
때문이다. 어찌 보면, 시인은 자신을 그런 나비에 비유하
고 있는지도 모른다. 이로써, 비가 오면 날지 않는 나비처
럼, 시인은 자신이 "궂은비가 서럽도록 [오는]" 세상―즉,
험난하고 거친 세상―과 아예 담을 쌓고 지냈음을 암시
하고 있는 것 아닐지? 문제는 아무리 거칠고 험한 세상에
서도 '꽃은 핀다'는 데 있다. 이를 모른 채 세상과 단절하
고 지냈지만, "시간"이 "화살같이 날아가는" 것을, "챗바
퀴 돌듯 도는 유령 닮은 난제들"이 "무시로 생의 한가운데
출몰했다 사라[지는 것]"까지 몰랐던 것은 아니다. 요컨
대, 흐르는 세월과 변하는 세상을 향해 시인은 여전히 눈

을 뜨고 있었던 것이다.

문제는 "[나비의] 날개가 꺾였[다]"는 데 있다. '날개가 꺾이다' 함은 자의적으로 날갯짓을 포기했다기보다 타의에 의해 날지 못하게 되었음을 암시하는 것으로, 세상과 담을 쌓고 살았던 것은 자의에 의한 것이 아님을 암시하는 말일 수도 있겠다. 혹시 이 말이 암시하는 것은 가정 형편이든 무엇이든 외적인 요인으로 인해 시 창작 활동을 중지할 수밖에 없었음을 암시하는 것이 아닐지? 다시 말해, 세상이란 거칠고 험하지만 그래도 '시라는 꽃'을 피울 수 있는 곳임을 뒤늦게 깨달은 시인의 안타까운 마음을 담은 작품이 「나비는 비에 젖지 않는다」일 수 있다.

거듭 말하지만, "나비는 비에 젖지 않는다"라는 말 역시 어머니의 말씀에서 온 것은 아닐지? 나비와 같이 청초하고 깨끗한 생명체에게서 삶의 지혜를 얻으라는 어머니의 말씀은 아니었을까. 하지만 이를 곧이곧대로 듣고 경직된 해석을 했던 것에 대한 때늦은 반성을 시인은 이 작품에 담고 있는 것 아닐지? 시인의 반성을 감지케 하는 것이 셋째 수의 중장으로, "빗속을 날아가도 젖지 않는 날개"는 곧 '시'를 암시하는 것일 수 있다. 즉, "나비는 비에 젖지 않는다"는 세속의 영리를 추구하지 말라는 것이지 '시'와 같이 "빗속을 날아가도 젖지 않는 날개"까지 포기하라는 뜻은 아니었음을 이제 와서 깨닫게 된 것 아닐지?

어쩌면, 앞서 말했듯, 부모님께서 돌아가시고 시 창작을 재개함은 이 같은 깨달음에 따른 것일 수도 있으리라. 이제 시인은 "빗속을 날아가도 젖지 않는 날개"에 의지하여 세상을 돌아다니며 "꽃들" – 즉, 험난하고 거친 세상에서도 여전히 꽃피우는 아름다운 그 모든 것들 – 을 '품을' 것이다. "궂은비가 서럽도록 [오는]" 곳은 아무리 험난하고 거친 세상이라도 여전히 나비 – 즉, 시인 – 에게 "청산"일 수도 있기에.

다시 「책상」에 담긴 "어머니의 말씀"으로 돌아가서, 세상사를 "허투루 보지" 않고 "강물이 흘러가는 물살에도 길이 있[음]"을 감지하는 시인의 마음이 생생하게 확인되는 작품 가운데 한 편을 함께 읽기로 하자.

비술나무 가지 위에 둥지 튼 오목눈이
새끼들 먹이 찾아 집을 비운 그사이에
둥지째 먹어 삼키고 쓱 사라진 촉수뱀

개구리 잡아 물고 돌아온 오목눈이
새끼들 간데없어 울다가 지치는데
저 멀리 논배미에서 통곡하는 개구리

나는 풀숲 벌레

불 밝히는 반딧불이

들판 지나, 천둥 번개

견디며 건너는 강

슬픔은 산 자들의 몫 읍혈록泣血錄을 채워간다

　　　－「행로行路」 전문

　모두 세 수로 이루어진 이 작품은 '사실에 대한 관찰 기록' 같아 보이지만 결코 사실에 대한 관찰 기록이 아니다. 어찌 인간이 그러하듯 "오목눈이"가 "울다가 지치"고 "개구리"가 "통곡"하겠는가. 오목눈이도 그렇고 개구리도 그냥 우는 것일 뿐이다. 오목눈이가 울다가 지친다거나 개구리가 통곡한다는 식의 표현은 인간의 감정을 자연의 대상에게 이입하는 이른바 '감정 이입의 오류the affective fallacy'의 사례가 아닐 수 없다. 하지만 이는 앞세운 시에 나오는 "어머니의 말씀"에 따르면 인간이 "강물이 흘러가는 물살"에서도 "길"을 감지하거나 "민들레 꽃씨"가 "허투루" 나는 것이 아님을 꿰뚫어 보는 인간적 시선을 있는 그대로 담은 것이기도 하다. 다시 말해, 세상사를 보되 배우려는 학생의 의지가 반영된 '세상사 바라보기'인 셈이다. 그런 의미에서 보면, 이는 바로 "어머니의 말씀"에 기대어 세상사를 이해하는 시인의 마음 자세를 담고 있는 것이 아닐 수 없다.

아무튼, 이 시의 첫째 수에서 시인의 눈길은 "비술나무 가지 위에 둥지 튼 오목눈이/ 새끼들 먹이 찾아 집을 비운 그 사이에/ 둥지째 먹어 삼키고 쓱 사라진 촉수뱀"을 향한다. 이 같은 약육강식의 현장은 시인이 직접 목격한 것일까. 추측건대, 모종의 영상 자료에 눈길을 주고 있거나 책이나 그 외의 정보에 기대어 그 정경을 상상 속에 그리고 있는 것으로 보인다. 그렇지 않고서야, 어찌 자연 관찰에 몰입해 있는 생태학자처럼 눈길이 차례로 또한 계획적으로 "개구리 잡아 물고 돌아온 오목눈이"와 "저 멀리 논배미"의 "개구리"를 향할 수 있겠는가. 아무튼, 시인의 상념에 따르면, 오목눈이는 새끼를 잃고 울다가 지치고 개구리는 가족이든 친구든 누군가를 잃고 통곡한다. 어쩌면, 그것이 바로 어머니가 시인에게 일깨워 준 세상사를 보는 눈이 아닐 수 없다. 하지만 이처럼 먹고 먹히는 일이 연쇄적으로 일어나는 자연의 일상사를 주목하면서도 시인은 그 어떤 판단을 시도하지 않는다. 다만 그것이 바로 세상사일 수 있음을 의식하고 있음을 암시할 뿐이다.

　셋째 수에 이르러 시인이 지닌 마음의 눈은 "나는 풀숲 벌레/ 불 밝히는 반딧불이/ 들판 지나, 천둥 번개/ 견디며 건너는 강"으로 향한다. 명백히 여기서 우리는 이 세상 모든 생명체의 삶이란 '도대체 감당할 수 없을 정도로 험난한 강 건너기'와 같은 것이라는 시적 메시지를 읽을 수 있다. 물론 이 구절도 시인이 몸소 자연의 현장에서 확인한 사실을 담고 있는 것으로 보이지는 않는다. 이 역시 다만 마음의 눈 – 즉, "사소한 바람까지도 허공 위의 책"으로 여기고 이를 읽으려는 마음의 눈 – 을 뜨고 바라보는 상상 속 생명의 현장일 것이다. 그럼에도 시가 전하는 생생한 현장감은 마치 책에 기록된 자연의 형상에 관한 기록이나 사진 또는 동영상에 눈길을 주고 있을 때나 다름없다. 최도선 시인이 펼쳐 보이는 시 세계의 '시다움'은 바로 여기서 찾아야 할 것이다. 아니, "어머니의 말씀"에 따라 "세상이 다 책상"임을, "사소한 바람까지도 허공 위의 책"임을, "강물이 흘러가는 물살에도 길이 있[음]"을, "민들레 꽃씨 나는 것을 허투루 보지" 않으려 하는 시인의 마음이 살아 숨 쉬기에, 최도선 시인의 시 세계는 생생한 '시적 현장감'으로 충만하다.

하지만 "슬픔은 산 자들의 몫"이라는 시인의 판단에 우리는 멈칫하지 않을 수 없다. 이러한 판단은 이른바 '감정이입의 오류'를 극대화한 것이기 때문이다. 하지만 어쩌랴. 그런 판단이 이 세상에 존재하는 모든 생명체에 대한 사랑과 이해의 마음을 담은 것일 수 있는 이상, 그것이 갖는 긍정적 효과는 값진 것이 아닐 수 없지 않은가. 다만 우리가 염려하는 것은 '세상의 책상'에 놓인 '책'을 읽는 시인이 배우는 세상의 의미가 어느 한쪽으로 경도되는 것

일 수도 있다는 점, 바로 그것이다. 하지만 그러한 염려의
마음을 말끔히 씻어 주는 작품이 있으니, 이는「못질 소
리」다.

> 어둠도 가시기 전 어디선가 못 치는 소리
> 예수가 못 박혔다는 산딸나무 꽃가지에
> 새 앉아 우는 소리를 못 치는 소리로 듣네
>
> 모서리와 모서리를 틈 없이 맺어주고
> 떨어진 인연들을 끈 없이도 이어주는
> 공사장 못질 소리를 죄인 박는 소리로 듣네
>
> 십자가에 못 박힌 건 사랑을 위함이라
> 입술로 전해지며 몸에 스민 사랑으로
> 이제는 망치 소리도 새소리로 듣는다
> -「못질 소리」전문

이 시에 대한 논의는 길게 이어가지 않고자 한다. 세 수
로 이루어진 이 연시조의 첫째 수에 따르면, 시인은 "예수
가 못 박혔다는 산딸나무 꽃가지에/ 새 앉아 우는 소리를
못 치는 소리로 듣"는다. 명백히 예수를 십자가에 못 박을
때의 "못 치는 소리"는 인간의 죄와 무지를 상징하는 부

정적 의미에서의 소리가 아닐 수 없다. 하지만 "새소리"를 "못 치는 소리"로 들음은 부정적인 것을 긍정적인 것으로 바꿔 이해하고자 하는 시인의 마음을 암시하는 것이다. 그런데, 둘째 수에 따르면, 시인은 "모서리와 모서리를 틈 없이 맺어주고/ 떨어진 인연들을 끈 없이도 이어주는/ 공사장 못질 소리를 죄인 박는 소리로 듣"는다. 말하자면, 긍정적인 의미에서의 소리를 부정적인 의미에서의 소리로 듣는다. 둘째 수에서 암시되는 시인의 부정적인 마음은 그런 공사장의 곁에 사는 사람이라면 누구나 이해할 법하다. 하지만 새소리를 예수가 십자가에 못 박힐 때를 연상케 하는 "못 치는 소리"로 듣다니? 이에 대한 답은 셋째 수에 제시되어 있는데, 예수가 "십자가에 못 박힌 건 사랑을 위함"이었음을 생각하기 때문이다. 이 연시조의 셋째 수는 그런 이해로 인해 "공사장 못질 소리를 죄인 박는 소리로 듣"던 시인의 마음이 바뀌었음을 암시하는데, 짜증과 화를 북돋을 만큼 지극히 부정적인 인간사의 한 현장을 시인은 긍정의 마음으로 받아들이게 된 것이다. 그것도, 예수를 십자가에 못 박는 인간의 죄스러운 행위에도 불구하고, 이를 사랑의 마음으로 받아들인 예수의 마음에 힘입어. 이로써 이제 시인은 "공사장"의 "망치 소리도 새소리로 듣"게 된 것이다. 말하자면, '새소리'에서 '망치 소리'를 듣던 시인이 이제 '망치 소리'에서 '새

소리'를 듣게 된 것이다. 요컨대, 이 시가 암시하듯, 시인
이 세상에서 이어가는 '배움'은 어느 한쪽으로 경도되거
나 고착된 것이 아니다. 때로는 이전의 배움에 힘입어 새
롭게 바뀐 배움과 깨달음에 이를 수 있음을 암시하고 있
는 것이다.

전轉, 삶의 현장 한가운데서

이제 우리는 우리네 삶이 구체적이고도 현실적으로 이
루어지는 삶의 현장 한가운데를 향하는 최도선 시인의
눈길을 따라가고자 한다. 이를 보여 주는 작품이 적지 않
지만, 특히 우리의 눈길을 끄는 것은 다음의 단시조 작품
이다.

전동차 노인석에
두 여자가 일 벌였다

민쫑 까 너부터 까 이것이 어따 반말

진종일 머리채 잡히고도
순환 열찬 달린다

－「와각지쟁蝸角之爭」 전문

　　대중교통수단에는 경로석이라는 것이 있다. 바로 이
경로석에서 일어난 일을 소재로 한 작품이 최도선 시인
의 「와각지쟁」이다. 누구나 목격하는 일이지만, '서 있는'
자기보다 젊은 사람이 경로석을 차지하고 있다는 생각에
상대에게 자리를 양보할 것을 요구하는 사람이 더러 있
다. 그럴 경우, 겸연쩍다는 표정으로 자리를 양보하는 사
람이 과연 얼마나 될까. 아니, 이처럼 겸연쩍은 상황과 마
주하지 않기 위해 아예 눈을 감고 잠든 척하는 사람이 적
지 않다. 그런데 최도선 시인이 제시하는 상황은 이보다
한결 더 희극적이다. 앞에 서 있는 한 여자가 경로석에 앉
아 있는 여자 － 즉, 자기보다 젊어 보이는 여자 － 에게 자
리 양보를 요구하자 상대 여자가 이를 거부한다. 곧이어
이어지는 상황을 함축하는 것이 이 단시조의 중장이다.
"민쭝 까 너부터 까 이것이 어따 반말." 과연 나이가 몇 달
이나 몇 년 앞선다고 해서 상대에게 '경로'를 강요하는 것
이 올바른 태도일까. 아니, 이런 경향의 사회 분위기를 조
장하는 경로석이라는 제도가 바람직한 것일까. 오죽이나
경로가 무시되는 사회이면, 이른바 경로석을 따로 지정
해 놓아야 하겠는가. 그리고 그런 경로석을 차지하기 위
해 나이의 위아래를 따지는 사람들이 하나둘이 아닌 이

사회가 과연 건전한 사회일까.

시인은 아무런 판단 없이 이렇게 말한다. "진종일 머리채 잡히고도/ 순환 열차 달린다." 이때의 '순환 열차'가, 그것도 "진종일" 달리는 '순환 열차'가 암시하는 바는 단순치 않다. 다람쥐가 쳇바퀴를 돌듯, 우리네 사회는 그 안에서 어떤 일이 일어나든 이와 관계없이 "진종일" 경로를 따라 돌고 돌 따름이다. 어찌 보면, 이 단시조의 종장이 암시하는 바는 우리네 사회가 좀 더 나은 사회가 될 희망이 없음에 대한 시인의 안타까움일 수도 있겠다. 어찌할 것인가. 이에 대한 해답이 누구에게든 있을 수 있겠는가. 아무튼, 시인의 진단이 암시하는 바의 비판의 눈길은 여전하다. 이와 관련하여, 이 작품의 제목이 "와각지쟁"임에 유의하기 바란다. "와각蝸角"은 달팽이의 더듬이를 말하는 것으로, 이는 "아주 좁은 지경이나 아주 작은 사물을 비유적으로 이르는 말"(인터넷 표준국어대사전)이다. 즉, 작고 사소한 싸움이라는 것이다. 여기서 우리는 작고 사소한 싸움에 몰입해 있는 것이 우리네 사회라는 진단을 읽을 수 있지 않을지?

시인이 우리네 사회에서 삶을 살아가면서 느끼는 안타까움의 마음은 여기서 멈추지 않는다. 이를 보여 주는 것이 「송곳」으로, 이는 좀 더 원론적인 의미에서 세상을 살아가면서 시인이 느끼는 안타까움에다가 반성의 마음까지 담은 작품이다.

피 한 방울 흔적 없이 단번에 찌르는 너
광대뼈 떨리도록 웃으면서 말하라는
고수도 못 되는 저 송곳이 아무 데나 찌른다

무심코 나도 가끔 세상이 만만할 때
콕 찌르며 내뱉던 말 그 말 이제 내게로 와
낯 붉은 심장에 고여 피로 뚝뚝 흐른다
　　　－「송곳」 전문

　세상을 살다 보면 어찌 말이 송곳임을 실감하지 않을
수 있겠는가. 아니, 혀가 곧 송곳인 것이다. 그것도 "피 한
방울 흔적 없이 단번에 찌르는" 송곳이다. "고수"라면 정
곡을 찌르고, 그것으로 상대를 순간에 제압하게 마련이
리라. 하지만 송곳을 휘두르는 자들 가운데는 "고수[가]
못 되"어 "아무 데나 찌"르는 인간들이 있다. 그러면 제압
당하고 이를 인정하기보다 상처의 아픔에 고통이 더할
수밖에 없다. 고수는 말의 송곳을 휘둘러도 상대를 순간
에 제압할 뿐이지 "광대뼈 떨리도록 웃으면서 말하라는"
식의 고통으로 내몰지 않는다. 하지만 그처럼 말의 송곳
으로 정곡을 찌르는 고수가 흔하지는 않다.

하지만 이 시는 이에 대한 불평과 하소연만을 담고 있지는 않다. 시인은 바로 자신이 그처럼 "고수도 못 되는" 주제에 "아무 데나 찌른" 자임을 되짚어 살핀다. 이 시가 소중함은 바로 여기에 있다. 아무 데나 찔러대는 혀라는 송곳으로 상대를 괴롭히는 존재가 바로 이 사회 속의 자신일 수도 있음을 자각하고 있기 때문이다. 당연한 말이 겠지만, 사회적으로든 개인적으로든 어떤 주체의 변화에 근본적인 동인動因이 되는 것은 자기반성이다. 바로 이 반성의 순간을 암시하는 것이 둘째 수인 것이다. 시인은 "무심코 나도 가끔 세상이 만만할 때/ 콕 찌르며 [말을] 내뱉"기도 했다. 그리고 "그 말"이 "이제 내게로 와" 시인을 아프게 함을 이렇게 고백한다. "낯 붉은 심장에 고여 피로 뚝뚝 흐른다."

말의 송곳에 고통을 받으면서도 여전히 말의 송곳으로 상대를 고통스럽게 하는 인간이 이 사회를 물들이고 있는 한, 이 세상은 밝고 환한 "책상"이 될 수 없다. 하지만 시인과 같이 자기반성에 인색하지 않은 사람이 적지 않은 이상, 우리네 세상은 여전히 잠시 꺼졌다가도 밝혀진 불빛으로 다시금 환해진 "책상"이 아닐 수 없다. 그처럼 다시 밝고 환해진 '세상이라는 책상'에 놓인 '책'을 읽고 있는 시인의 마음을 연상케 하는 작품 ─ 어깨너머로 바라보는 우리네 독자의 눈길을 끄는 시인의 책 읽기 또는 세

상 읽기에 따른 짤막한 독후감과도 같은 작품 – 이 있다
면, 이는「사춘기」다.

정월인데 학교 앞에 개나리꽃 피었네요
제철도 몰라보고 허겁지겁 꽃이 폈네
웬걸요, 초등 오륙 년생들도 노랑머리 천지예요

헤어 숍 언니들은 동정 어린 눈길이죠
노랑머리 파랑 머리 소년 소녀 물들일 때
엄마도 못 이기는 애들 선생들도 못 이기죠

겨울도 없는 겨울 봄을 타고 싶은 거죠
사춘기, 봄이 좋아 서둘러 꽃피려고
남몰래 변신을 하는 공중변소, 화장실

탱탱볼 저 공처럼 어디로 튈지 몰라
지그시 눈을 감고 철 지나길 기다려요
철없이 불쑥 핀 꽃들 봄을 다툰 꽃향기
–「사춘기」전문

앞서 이미 비슷한 언명을 한 바 있지만, 나는 이 시에
대한 작품 읽기를 길게 이어가지 않고자 한다. 앞선 경우

와 마찬가지로 이처럼 읽는 순간에 환하게 그 의미를 드
러내는 작품에 대한 그 어떤 논의도 사족蛇足이 될 것이기
때문이다. 그럼에도 굳이 사족을 덧붙이자면, 네 수로 이
루어진 이 연시조의 초장에서 우리는 학교 등굣길에서
머리를 노랗게 물들인 "초등 오륙 년생들"을 보며 "개나
리꽃"을 떠올리는 시인과 만난다. 둘째 수에서 시인이 말
하듯, "애들" 사이의 '머리 물들이기 유행'에는 "엄마"는
물론 "선생"도 못 이기고 "헤어 숍 언니들"도 어쩌지 못한
다. 이를 보고 세상이 경박해짐에 개탄하는 사람도 있을
것이다. 하지만 그것은 "사춘기"의 애들 나름대로 개성을
드러내고자 하는 소박한 자기표현일 수 있겠다. 이른바
'튀고자' 하는 애들의 개성 표출 욕구에 따른 것일 수 있
다. 엄마든 선생이든 헤어 숍 언니든 그네들의 어린 시절
을 돌아보면, 당사자는 어떨지 몰라도 주변에 전혀 다른
형태의 자기표현에 몰두하던 친구들이 있지 않았던가.
그것이 과연 사회에 어떤 해악을 끼쳤던가. 아무런 해악
도 끼치지 않았음을, 그네들이 이른바 문제아가 아니었
음도 기억할 것이다. 아마도 그런 시절을 보낸 시인이기
에 다음과 같이 말할 수 있으리라. "탱탱볼 저 공처럼 어
디로 튈지 몰라/ 지그시 눈을 감고 철 지나길 기다려요."
하지만 무엇보다 시인의 긍정적이고 따뜻한 시선을 느끼
게 하는 것은 작품을 마감하는 "철없이 불쑥 핀 꽃들 봄

을 다툰 꽃향기"라는 구절일 것이다. 애들이 머리를 물들인 것을 제철도 아닌데 "철없이 불쑥 핀 [개나리꽃]"으로 이해하는 시인의 시선도 곱지만, "봄을 다툰 꽃향기"까지 느끼는 시인의 마음도 곱고 아름답다.

결結, 자신의 삶을 돌아보며

  최도선 시인의 이번 시조 시집에는 자신과 자신의 삶을 되돌아보는 작품도 적지 않은데, 이 부류의 작품은 시인의 귀띔대로 제4부에 집중되어 있다. 물론 모두가 시인의 솔직하고 진지한 자기 돌아보기이지만, 일상의 삶에서 소재를 가져온 다음 작품은 특히 우리의 눈길을 끈다.

  명절 때면 뒤꼍부터 집 안팎 어수선해
  청소에 집 단장에 기와까지 들썩이는
  아버지, 왜 저러시지 유난스레 까치는 우네

  수업 종은 울렸는데 교감님 안내 방송
  장학사가 오신다니 잠시 청소하라는 말,
  평상시 하던 대로 하시지, 꼿꼿이 수업만 했지

멀리 사는 자식들이 어쩌다 온다 하면
온 집 안을 쓸고 닦고 곳곳에 불 밝히고
그분들 하시던 대로, 지금 내가 하고 있다
　　　　　　　　－「포물선」 전문

　모두 세 수로 이루어진 이 연시조에는 어린 시절의 시
인, 교사 시절의 시인, 그리고 지금의 시인의 마음이 차례
로 담겨 있다. 우선 첫째 수에서 시인은 어린 시절에 "명
절 때면 뒤꼍부터 집 안팎[이] 어수선"했던 것을 기억에
떠올린다. "기와까지 들썩"일 정도로 아버지는 "청소에
집 단장에" 여념이 없으시다. 어린 시절의 시인은 아버지
가 왜 "저러시[는]지" 이해할 수 없다. 하지만 시인은 "유
난스레" 우는 "까치"를 정경에 넣음으로써, 명절은 반가
운 손님이 찾아오는 때임을 암시한다. 아마도 차례를 지
내기 위해 일가친척이 시인의 집을 찾을 것이리라. 말하
자면, 아버지는 손님을 맞이하기 위해 "청소에 집 단장
에" 분주하셨지만, 어린 시절의 시인은 "집 안팎[이] 어수
선해"지는 것과 반가운 손님이 오는 것을 연결할 수 없었
던 것이다. 아니, 손님이 온다고 해서 굳이 청소와 집 단
장을 해야 할 이유가 무엇인가를 이해할 수 없었던 것이
다. 수많은 물음표를 마음에 담고 있는 천진난만한 어린
이의 모습이 떠오르지 않는가. 어찌 시인만 그러했으랴.

130

아마도 우리 모두가 그처럼 천진난만하지 않았던가.

이제 나이가 들어 어른이 된 시인은 학생들을 가르치는 교사가 된다. 교사 생활을 한 적이 없다고 해도 우리는 누구나 학창 시절을 보냈기에 기억한다. "장학사"라는 직책이 어떤 것인지 모르지만, 그런 어른이 찾아온다는 통보와 함께 선생님의 지시에 따라 교실 청소와 단장에 분주한 시간을 보내지 않았던가. 물론 장학사를 맞이할 준비를 하라고 하면 수업이 잠시 중단되었기에 모두가 즐거워했던 기억까지 지니고 있는 사람도 있을 것이다. 아무튼, 시에 따르면, "수업 종은 울렸는데 교감님[이] 안내방송"을 한다. 방송을 통해 "장학사가 오신다니 잠시 청소하라"는 지시가 내려진다. 속으로 중얼거렸을 것임에 틀림없는 다음 말이 암시하듯, 그런 지시에 시인은 못마땅하기만 하다. "평상시 하던 대로 하시지." 이처럼 소극적이나마 교감 선생님의 지시를 못마땅하게 여겼던 것을 보면, 아마도 패기 넘치는 젊은 시절의 시인이었으리라. 시인은 교사의 본분인 수업에 충실한 자세를 보임으로써, 교사 – 추측을 계속 이어가자면, 젊은 교사 – 다운 기개를 잃지 않는다.

그런데 이 어찌 된 일인가. 나이가 들어 이제 "멀리 사는 자식들" – 추측건대, 결혼해서 출가한 자식들 – 이 "어쩌다 온다 하면/ 온 집 안을 쓸고 닦고 곳곳에 불[을] 밝

[힌다]." 어쩌면, 며느리든 사위든 자식들이 제 짝을 데리고 올 것이다. 게다가 손주까지도 올 수 있다. 어찌 마음 편하게 자식들을 맞이할 수 있겠는가. 출가한 자식들을 둔 세상의 어머니들 가운데 누가 "멀리 사는 자식들이 어쩌다 온다 하면/ 온 집 안을 쓸고 닦고 곳곳에 불[을] 밝히[지]" 않겠는가! 그처럼 "어수선"한 시간을 보내는 와중에 시인은 문득 "그분들 하시던 대로, 지금 내가 하고 있[음]"을 깨닫는다.

사소하고 평범한 일상사의 한 단면을 다루고 있지만, 이 작품이 함의하는 바는 적지 않다. 살다 보면 누구에게나 '내'가 이해하지 못했거나 못마땅해했던 일을 어느 사이에 '내 자신'이 스스로 하고 있음을 깨닫는 순간과 마주하게 마련이다. 인간이 나이를 먹어가며 남에게 조금씩 더 너그러워질 수 있는 것은 이 같은 깨달음의 순간이 쌓이기 때문이리라. 바로 이 인간사의 진실을 담고 있기에, 「포물선」은 평범하고 쉬운 내용의 작품이지만 울림이 깊고 넓다. 아무튼, 시인이 시의 제목으로 "포물선"이라는 표현을 동원한 이유는 무엇일까. '포물선'은 '반원을 그리며 날아가다 날아간 원점 근처로 떨어지는 물체'의 이미지를 연상케 하는 말로, 아버지와 교감 선생님과 시인이 차례로 이어온 삶의 곡선을 암시하는 것이리라. 아마도 시인은 이 표현을 통해 아버지에서 시작하여 교감 선생

님을 거쳐 자신이 그린 삶의 곡선은 원점에서 크게 벗어
나지 않은 것임을 반성적으로 되돌아보는 마음을 드러내
고자 한 것이리라.

또 한 편의 울림이 깊고 넓은 작품을 들자면, 우리는 주
저 없이 시인의 어린 시절을 엿보게 하는 작품인「골목 햇
살」을 뒤세우지 않을 수 없다. 이 작품 역시 우리가 최도
선 시인의 이번 시집의 작품에 대한 본격적인 논의를 시
작하며 다루었던「책상」과 마찬가지로 "어머니의 말씀"
을 명시적으로 담고 있거니와, 여기에 담긴 어머니의 말
씀은 지극히 시적詩的이다.

엄마는 나 죽어도 울지도 않을 거야!
언니만 예뻐하는 엄마니까, 뿔이 났다
저녁쯤 담요를 들고 헛간으로 숨었지

오밤중 집안 발칵 뒤집히고 횃불 앞세우고
내 이름 골목골목 문고리를 뒤흔들고
연장을 들고 들어온 아재에게 들켰지

날 안고 흘리시던 엄마의 뜨거운 눈물
"햇살은 모두에게 똑같이 내리잖니"
퇴근길 밝혀주시려 골목 나와 서 계셨지

－「골목 햇살」 전문

　세 수로 이루어진 이 연시조의 첫째 수에서 우리는 또다시 어린 시절의 시인과 만날 수 있다. 세상의 모든 어린아이가 그러하듯 형제자매가 있는 경우에는 시샘이 있게 마련이리라. 아니, 그런 쪽이 그렇지 않은 쪽보다 많을 것이다. 어쨌든, 어린 시절의 시인은 이렇게 불평한다. "엄마는 나 죽어도 울지도 않을 거야!/ 언니만 예뻐하는 엄마니까." 불평에 이어 "뿔이 [난]" 어린 시절의 시인은 "저녁쯤 담요를 들고 헛간으로 숨[는다]." 둘째 수가 밝히고 있듯, 아이 가운데 하나가 없어지자 "오밤중 집안[이] 발칵 뒤집히고 [엄마 또는 엄마와 집안 어른들이] 횃불 앞세우고/ [시인의] 이름[을 부르며] 골목골목 문고리를 뒤흔[든다]." 추측건대, 집안이 발칵 뒤집히는 동안에도 어린 시절의 시인은 헛간에서 꼼짝도 않고 있었을 것이다. 하지만 "연장을 들고 들어온 아재에게 들[킨다]." 곧이어 이 시를 읽는 이의 마음을 뭉클하게 하는 정경이 셋째 수의 초장을 장식한다. 잠시 잃었던 자식을 되찾고는 흘리는 "엄마의 뜨거운 눈물"! 아마도 시인은 "날 안고 흘리시던 엄마의 뜨거운 눈물"을 평생 잊지 못할 것이다. 그리고 이 시가 증명하듯 어머니가 하시던 말씀 또한 결코 잊지 못할 것이다. "햇살은 모두에게 똑같이 내리잖니."

게다가, 이 작품의 셋째 수 종장에서 확인할 수 있듯, 시인의 어머니는 실제로 시인의 "퇴근길"에서 "골목"을 밝히는 "햇살"의 역할까지 하신다.

고백하건대, 나는 이 작품을 읽은 뒤에 몇 번이고 되풀이해서 시인의 어머니가 한 바로 이 말씀을 되뇌었다. "햇살은 모두에게 똑같이 내리잖니." 낱말 하나하나를 살펴보면 특별한 것도 없는데, 이 말이 내 마음을 심원하게 울렸던 것이다! 이는 단순히 자식에 대한 어머니의 사랑을 드러내는 말일 뿐만 아니라 인간 – 나아가, 인간을 포함하여 이 세상의 모든 생명체 – 의 본질적이고도 근원적인 존재 조건을 함축하는 말이 아니겠는가! 자식에 대한 어머니의 사랑을 드러내는 말에는 '열 손가락 깨물어 아프지 않은 것이 없다'도 있지만, "햇살은 모두에게 똑같이 내리잖니"는 이와 비교할 수 없을 정도로 시적이며 포근하고 아름답고 환하다. 이런 말씀을 적절한 자리에서 하실 수 있는 어머니를 두었기에, 최도선 시인은 '시인'이 될 수 있었던 것 아닐지? 바로 이 같은 수사 의문문을 던지는 것으로 최도선 시인의 이번 시조 시집 『나비는 비에 젖지 않는다』에 대한 나의 논의를 마무리하고자 한다.

사랑의 마음으로 열어가는
고요와 서기瑞氣의 시학

유성호 문학평론가 · 한양대 국문과 교수

1. 정형 양식 안에 담긴 강하고 아름다운 사랑의 힘

　최근 '코로나19' 팬데믹으로 인해 우리 삶의 지형과 세목은 모두 현저한 변화를 겪고 있다. 말할 것도 없이 근대 문명과 과학기술의 성찰 없는 질주가 이러한 묵시록의 시대를 불러온 첨예한 원인 가운데 하나일 것이다. 물론 우리가 문명과 과학기술을 원천적으로 부정하거나 도외시할 수는 없지만, 이번 사태는 인간을 규정해 온 여러 조건들에 대하여 발본적으로 사유해야만 하는 절체절명의 순간을 요청하고 있는 듯이 보인다. 말하자면 우리는 인간의 본령과 정체성을 수습하고 회복해 가는 도정에 들어서 있다는 뜻이다. 그러한 역할의 중심에 문학이 있고 또 자연과 인간의 원초적 통합 상태를 꿈꾸었던 서정 양식이 놓여 있다. 특별히 '시조時調'는 삶의 심층을 들여다 보는 고전적 시선과 사물을 본래적으로 담아내는 언어적 실감이 결합된 서정 양식으로서 우리에게 남아 있는 유일한 정형시이다. 그래서 시조는 단아한 형식과 절제된 내용으로 우리 시대의 병리적 조건들을 성찰하고 치유해 가는 미학적 최전선에 설 수 있을 것이다.

최도선의 시조는 뭇 존재자들이 경험하는 정서적 흐름을 보여주는 동시에 삶이 불가피하게 파생시키는 사랑과 고독의 양상들을 아름답게 형상화하고 있다는 점에서 이러한 과제들에 적극 부응하고 있다 할 것이다. 이번 신작에서 그녀의 사유와 감각은 다양한 형상의 계열체를 통해 사랑과 고독의 변증법을 더욱 섬세하게 보여주고 있는데, 그 사유와 감각이 구체적인 서정적 순간과 접속하면서 더욱 깊이 있는 언어를 우리 시조시단에 건네고 있는 것이다. 결국 최도선 시조는 삶의 생성과 소멸, 성과 속, 안과 바깥 같은 속성을 강렬한 힘으로 흡인하면서 순간적으로 그것을 초월해 가는 장면을 보여준다. 이러한 과정은 그녀의 시조에 강하고 아름다운 사랑의 힘이 내재해 있기 때문에 가능했을 것이다. 그 점에서 이번 신작은 최도선의 사랑의 마음과 고독의 시간을 충실하게 보여주는 존재론적 창㷱과 같은 역할을 적극적으로 수행하고 있다고 할 수 있을 것이다.

2. 회감의 원리에 따른 '고요'와 '서기'의 미학

우리가 잘 알고 있듯이, 서정시의 작법作法은 시간의 흐름에 의해 발원하고 완성되어 간다. 물론 그것을 향수하는 독자들의 태도에도 시간의 흐름은 또렷하게 동반된다. 그런 측면에서 시간예술로서의 서정시는 그 속성을 항구적으로 지속해 갈 것이다. 서정시를 삶의 순간적 파악에 기초한 언어예술로 규정한다고 해도 사정은 동일하다. 결국 시간의 흐름에 따라 마음에 남은 상像을 서정시는 줄기차게 채록하고 구축해 가기 때문이다. 시조는 이러한 시간예술로서의 속성을 확연하게 구비하면서 오랜 시간을 관통하며 이어져 가는 시간의 원리를 아름답게 보여주는 양식이다. 우리는 최도선 시조에서 시간의 소멸과 이어짐의 흔적이 선명한 개별성을 가진 채 남아 있는 것을 들여다보게 되고, 동시에 시간의 깊이를 드러내는 원리를 통해 새로운 시간성을 회복해 가는 시인의 모습을 만날 수 있다. 결국 그녀는 '회감回感'의 원리를 선명하게 구축함으로써 그 안에 고요와 서기瑞氣의 미학을 충

실하게 담아내고 있다 할 것이다. 다음 작품을 먼저 읽어
보도록 하자.

　　톳돌 위 가지런한 흰 고무신 두 켤레
　　노스님 묵주기도 동자승 조는 염불
　　산 너머
　　넘어온 가을볕
　　마당가에 설핏하다

　　귀양살이 배롱나무 외피가 근질근질
　　산비둘기 구구 울음 깨어나는 산중 고요
　　동자승
　　찻물 끓이러 가는가
　　신발 끄는 소리만
　　　－「적요寂寥」전문

　적막함과 쓸쓸함을 결합한 단어 '적요'는 그 자체로 시
인의 실존적 정황을 암유暗喩하는 데 맞춤하다. 시인이 이
러한 정서를 느끼고 있는 현장은 가을의 사찰 마당이다.
시인은 톳돌 위 가지런히 놓인 흰 고무신 두 켤레가 하나
는 묵주기도를 올리는 노스님의 것이고 하나는 염불 곁
에서 졸고 있을 동자승의 것이라고 쓴다. 이때 산 너머 넘

어온 가을볕이 설핏 기울어간다. 특별히 노스님과 동자
승의 노유老幼 대조는 하루가 기울어가는 해거름과 새롭
게 돋아올 다른 순간을 동시에 잉태하고 있다. "귀양살이
배롱나무"와 "산비둘기 구구 울음"이 존재하는 고요한 산
중에서 시인은 동자승이 찻물 끓이러 가며 신발 끄는 소
리를 듣는데, 그 자체로 고요하고 쓸쓸하게 사라져 가는
소리가 오히려 삶의 엄연한 질서를 다시 지탱해 준다는
역리逆理를 단아하고 명징하게 알려주고 있다. 다음은 어
떠한가.

강경 들 품어 안은 반야산 아래 관촉사
단풍잎은 대광명전 마당 가득 불 밝히고
윤장대 돌리는 아낙 손 위로 미륵 눈길 따사롭다

해탈문 들어서다 이마를 부딪힌 나
몸과 맘을 낮추라는 말씀으로 받아 들고
한 걸음 나아가 서니 반겨 웃는 배례석

햇살은 나절가웃 석등에 들어앉고
경건히 예 올릴 때 가시지 않는 번뇌!
노을빛 저 저 단풍 빛, 서기瑞氣처럼 내려앉네
－「관촉사」 전문

'관촉사灌燭寺'는 충남 논산 반야산에 있는 한 사찰이다. 시인은 그곳을 "강경 들 품어 안은" 곳이라고 명명한다. 사찰 대광명전 마당에는 불을 밝히며 떨어지는 단풍잎이 있고, 책궤를 돌리는 아낙의 손 위로 미륵이 던지는 눈길이 따사롭고 고요하게 깃들여 있다. 이곳에는 '은진미륵'에 얽힌 설화가 전하는데 바위가 땅속으로부터 솟아나 조정에서 바위로 불상을 만들 것을 혜명 선사에게 맡겼다고 한다. 불상이 세워지자 하늘에서는 비를 내려 불상을 씻어주었고 서기瑞氣가 21일 동안 서렸다. 중국 승려 지안智眼이 그 빛을 쫓아와 예불하였는데 그 빛이 촛불같다 하여 절 이름을 '관촉사'라 하였다고 한다. 시인은 햇살이 석등에 들어앉아 있을 때 해탈문을 들어서면서 몸과 맘을 낮추라는 말씀을 받아 드는데, 여기서 '나절가웃'이라는 고유어를 쓰고 있다. 하룻낮의 4분의 3쯤 되는 동안을 지칭하는 아름다운 우리말이다. 시인은 하루가 다 기울어가는 시간의 내리막길에서 자신이 아직도 버리지 못한 '번뇌'와 노을처럼 붉은 빛으로 내려앉아 있는 단풍의 '서기'를 대조적으로 품어 안는다. 불가적 사유에서 보면 합리적으로 대조되는 모든 것은 각각 개별적 존재不一이자 궁극적으로 동일한 존재不二라는 역설을 성립시킨다. 최도선 시조는 대립적 요소들을 궁극적으로 통합하

고 그것을 하나의 상으로 이월하려는 사유를 가득 보여
준다. 그 대위법을 관류하는 흐름은 시간에 대한 깊은 의
식과 함께 자신을 곧추세우려 하는 의지일 것이다. '이언
설상離言說相'이라고 했거니와, 말과 대상의 불일치를 승
인하면서도 역설을 통해 가닿는 이러한 실존적이고도 심
미적인 깨달음은 최도선 시조로 하여금 더욱 깊은 사유
와 표현을 가능하게 해주는 원질原質이라 할 것이다.

　이처럼 최도선 시인은 자신의 주위에 있는 사물들로부
터 가장 근원적인 가치를 소환해 간다. 불가의 사유 방식
을 기저基底에 깔면서도 자연 사물에서 얻은 감각적 과정
을 처연하게 노래해 간다. 이면에 캄캄한 깊이를 거느린
언어의 심연에서 자연 사물과 인간이 공명하면서 그려내
는 파동을 담아내는 것이다. 이때 모든 사물은 제 몫의 물
질성을 그대로 구비하면서도 인간의 일상적 삶에서 어떤
지혜나 경험을 회복하는 상징적 장치로 변화해 간다. 이
는 시조의 내용에서 생겨나는 것이 아니라 대상을 바라
보는 시인의 태도에서 빚어지는 것일 터인데, 최도선 시
인은 인간과 자연의 의존성을 생명의 경이로 노래하는
시조에 이르러 그러한 태도와 관점을 선명하게 드러낸
다. 사물과 인간의 상호 공명을 생성의 경이로 노래하는
시편을 통해 구체적이고 심미적인 풍경을 적극 묘사하고
채집하는 그녀는 결국 삶의 가장 근원적인 가치에 깊이

다가가 있는 것이다. 우리는 자신만의 경험적 세계를 기억하고 고백하는 것을 중심 원리로 다루어온 최도선 시조를 통해, 세계와 갈등을 일으키지 않는 동일성의 원리를 중시하면서도 그것을 순간의 원리로 발화해 내는 일관된 적공積功을 만나게 된다. 그 점에서 오랜 서정의 원리들을 고전적으로 증언하고 있는 상상적 기록으로서 최도선 시조는 남을 것이다. 그리고 그것은 웅숭깊은 언어와 사유를 통해 한동안 우리 시조시단을 밝혀줄 것이다.

3. 사물과 사람을 향해 사랑을 던지는 '심작心作'의 시인

다음으로 우리는 최도선 시조가 건네는 넉넉하고도 긍정적인 언어를 흰칠하게 만나볼 수 있다. 시인은 자신을 둘러싸고 있는 세상에 대한 강한 긍정의 마음을 견지한 채 우리에게 궁극적으로 건강한 메시지를 보내고 있다. 그만큼 그녀의 시조는 사물과 사람을 향해 던지는 '사랑'의 언어라고 말할 수 있을 것이다. 이때 우리는 근원적이고 강렬한 사랑의 에너지가 세상을 향한 긍정적 기억과 대상을 향한 가없는 정성에 바탕을 두고 있다고 말할 수 있다. 더러 외롭고 높고 쓸쓸한 목소리가 나타나고 있지만 최도선 시인은 그러한 정서를 노래할 때조차 불가피

한 '사랑'의 언어로 바꾸어 자신의 존재 형식을 고백해 간다. 결국 그녀에게 '사랑'이란 적막한 고독과 결핍에서 잉태되어 긍정적 기억 속으로 완성되어 가는 그 무엇이 아닐까 한다.

벤치에 노인 홀로 석양빛에 졸고 있다
풀잎을 쓰다듬으며 가까이 다가가서
말품 좀 팔아드리며 심심함을 달래볼까

헛기침 소리에도 돌아보지 않으시네
저무는 해그림자 쓸쓸히 기우는데
누구를 기다리시나 꼼짝없는 그늘진 등

한 줌 남은 빛일망정 잡아놓고 싶으신가
슬며시 애인처럼 어깨에 손 가만 얹자
거먕빛 반가좌상이 스르르 스러지네
　　-「노을 한 줌」 전문

역시 '석양빛'이 은은한 시간이다. 최도선 시조가 씌어지는 배경은 이렇게 고요하고 외따로운 시공간인 경우가 많다. 벤치에서 한 노인이 졸고 있는 해거름에 시인은 노인의 "꼼짝없는 그늘진 등"이 해그림자처럼 기울어가는 순간을 애틋하게 바라본다. 한 줌밖에 남지 않은 노을 빛을 잡아놓은 노인 어깨에 손을 가만히 얹자 놀랍게도 "거망빛 반가좌상"이 스르르 스러져 버리는 것이 아닌가. 이 노을 한 줌의 환幻은 기울어가는 시간의 계열체들, 가령 '노인', '석양', '저무는 해', '기우는 그림자', '남은 빛' 등과 함께 사라져 가는 삶에 대한 비유적 형식을 잘 보여준다. 짙고 검붉은 반가좌상으로 비유된 노인의 생은 시인의 불가적 감각을 반영하면서 이렇게 아름답고 견고한 위의威儀를 남겨간다. 최도선 시인이 그리고 있는 풍경이나 내면은 시조라는 양식이 취할 수 있는 최대치의 구체성을 이렇게 얻어간다. 그녀의 시조에는 잔소리나 장광설이 전혀 없고 서사와 이미지가 퍽 절제되어 있는데, 그러한 속성이 바로 '노을 한 줌'처럼 여백과 함축의 길을 가능하게 해주는 것일 터이다. 그녀는 삶의 필연적 소멸과 함께 순간적으로 충일하게 존재하는 근원적 원리를 함께 탐구해 가는 품을 보여주는 것이다.

난을 치라기에 그린 그림 보리 이삭

먼 산 바라 남도 가락 흥얼흥얼 읊조리며

마음이 콩밭에 간 줄 나도 몰라 하더니

저녁연기 곧게 올라 바람이 자는구나

일방의 잎, 일 점의 꼭지 어찌 맑은 마음 담을거나

에라이, 유마의 침묵처럼 갈대밭에나 들리라
    ―「심작心作」전문

'심작'이란 마음이 만든다는 뜻이다. 불가에서는 '불시심작佛是心作'이라고 하여 마음이 부처를 만든다는 가르침을 전하고 있기도 하다. 시인은 난을 치라기에 그림을 그렸는데 그것이 "보리 이삭"이었고 그 순간 흥얼거린 "남도 가락"도 마음이 콩밭에 간 이례적 결실임을 깨달아 간다. '난'과 '보리'는 서로 전혀 다른 것이지만 마음속에 이형異形의 등가물로 자리하고 있게 된 것이다. 연기가 오르고 바람이 자는 저물녘에 시인은 "일방의 잎, 일 점의 꼭지 어찌 맑은 마음 담을거나"라는 중장의 파격을 통해 자신의 시조가 '심작'의 미학적 결실임을 다시 한번 입증한다. "유마의 침묵維摩默然"으로만 그 맑고 고운 마음을 담아낼 수 있을 뿐이라고 말함으로써 스스로 '심작'의 시인임을 증언하고 있는 것이다.
    최도선 시인은 불가적 사유와 감각으로 삶의 역설적

진실을 추구하고 탐색해 가는 시조를 이렇게 우리에게 일관되게 들려준다. 결핍과 불모의 기억을 수습하고 견고하게 결정結晶된 비극적 상상력을 발화하면서도 뭇 존재자들의 궁극적 진실을 노래함으로써 삶에 대한 긍정적 의미 부여를 꾸준히 해간다. 한편으로는 지상의 모든 존재자들을 따뜻하게 감싸 안는 크나큰 품을 보여주기도 하는 그녀는 풍경과 기억을 섬세하게 결속해 내면서 중심으로부터 배제되고 지워져 가는 존재자들을 실감 있게 복원해 낸다. 이는 그녀가 한결같이 약하고 소외된 존재자들을 옹호하는 마음을 가지고 있음을 선명하게 알려준다. 따라서 우리는 한편으로는 첨예하고 구체적인 기억의 리얼리티로, 한편으로는 대상을 향한 지극한 사랑의 마음으로 그녀의 시조가 번져갈 것을 예감하게 된다. 남다른 기억의 심도深度를 통해 존재론적 원형에 가까운 사랑의 마음을 노래하는 시인이 사랑의 발견과 회상 과정을 통해 꾸준히 자신의 시조를 관철해 갈 것이니까 말이다. 물론 그것은 소멸의 전조前兆 앞에 놓인 유한한 삶을 끌어안으면서 동시에 사랑의 원리를 통해 자기동일성을 만들어가는 역동적 파동을 구성해 낼 것이다. 결국 최도선 시조는 이러한 마음의 파동 안에 사랑의 역동성을 아름답게 내장한 세계라고 규정할 수 있을 것이다.

4. 삶의 성찰을 위한 표상을 천천히 번져가게 하는 서정적 힘

　마지막으로 우리가 읽어볼 작품은 이 쓸쓸하고도 고통스러운 감염병 시대에 대한 최도선 나름의 시적 응전의 결실이다. 원래 모든 사물은 일정한 시공간 속에서 동일성을 유지하다가 그 유한성으로 말미암아 물리적으로 사라져 간다. 따라서 그 어떤 사물도 어떤 한곳에 순간적으로 존재했던 것에 지나지 않는 것일 터이다. 최도선 시인은 가시적 상관물을 통해 유한한 기억 속에 웅크리고 있던 폐허의 양상을 톺아 올림으로써 이러한 유한성을 순간적으로 넘어서는 역설적 장면을 구현해 간다. 그리고 이러한 생생하고도 아픈 기억은 최도선의 시학을 구성하는 구체적 원질이 되어준다. 이러한 원질을 가지고 우리 시대를 조감하고 사유하는 그녀의 품은 시조가 원래 '시절가조時節歌調'였다는 점에서 응당 시의성을 갖춘 적절한 사례라 할 것이다.

　　노래방 업주들이 조등弔燈을 내걸었다
　　상복을 차려입고 고사告祀를 읽어간다
　　광장엔 비둘기조차 다 떠나 텅 빈 자리

나만의 나락奈落이면 옥죄며 여미련만
안개로 한 치 앞도 볼 수 없는 이 계절에
닦아도 또 닦아봐도 사라지지 않는 안개

풍경을 바꾸진 못해, 햇살 나면 걷히려나
안개등 전조등 켜고 빗질하듯 가보는 거야
마이크 녹슬지 않게 노래 부르며 춤도 출까
　－「우리는 무엇을 할까 - 코로나19」 전문

　'코로나19' 팬데믹 사태에 즈음하여 시인은 우리가 무
엇을 할 수 있을까를 묻는다. 시인은 '노래방'이라는 상
관물을 끌어들여 우리 시대의 불모성을 우의적寓意的으로
진단하고 있는데 작품 안에서 업주들은 조등을 내걸고
상복을 입고 고사를 읽고 있다. 스스로 초래한 것이라면
풀어진 끈이라도 여밀 수 있겠지만, 이 사태는 한 치 앞도
볼 수 없는 안개를 불러온, 전적으로 외부로부터의 침입
이 아니었던가. 아무리 닦고 지워도 사라지지 않는 안개
말이다. 시인은 우리가 풍경을 바꾸지는 못하지만 안개
등 전조등까지 켜고 빗질하듯 가보면 어떤가, 마이크가
녹슬지 않게 노래도 부르고 춤도 추면 어떤가, 하고 불가
피하게 지속되어야 할 삶의 속성을 묻는다. 그것이 우리
가 이 시대를 관통하고 나아갈 역설적인 에너지일 것이

기 때문이다. 이 아득한 감염병 시대에도 여전히 느리고 여린 서정시를 우리가 쓰고 읽는 것은 그 안에 담긴 이러한 상상적 경험과 언어를 통해 진정성에 근접해 보려는 의지 때문일 것이다. 물론 이러한 의지가 항구적으로 우리의 삶을 규율할 수는 없겠지만 적어도 그것은 우리의 삶에 인지적이고 정서적인 충격을 순간적으로 가함으로써 자신을 반성적으로 사유할 수 있게끔 해준다는 점에서 소중한 것이 아닐 수 없다. 그 점에서 우리는 우리가 서정시를 쓰고 읽는 가장 절실한 까닭이 이러한 자기 갱신 효과에 있다고 말할 수 있을 것이다. 우리는 잘 씌어진 서정시를 통해 삶에 숨겨진 의미와 가치를 발견하고 종국에는 새로운 삶의 사유와 감각의 한켠을 축적하게 될 것이기 때문이다. 최도선 시인은 우리를 둘러싼 주변이나 외곽을 따뜻하게 돌아보면서 자기 확인과 회복의 과정을 열정적이고 정성스럽게 수행해 가는데, 그 바탕에는 시인 자신이 오랫동안 겪은 절실한 경험 가운데 가장 깊은 기억의 층을 재현하는 손길과 공공성을 띤 대상들을 포괄함으로써 존재론적 확산을 가져오려는 마음이 가라앉아 있다. 물론 이러한 과정은 타자들을 한껏 포용하면서 동시에 다시 구체적인 개인으로 귀환하려는 시인의 의지를 포함하는 것이다.

지금까지 우리가 천천히 읽어왔듯이 최도선 시인은 우리의 사유와 감각을 질서 있는 정형의 구심으로 이끌면서도 정형이라는 제약을 자유로운 시상詩想과 호흡으로 넘어서는 모습을 함께 보여준다. 그럼으로써 정형 안에서의 절제와 확장을 동시에 수행해 가는 것이다. 더불어 우리는 그녀가 들려주는 목소리를 통해 고요한 마음의 세계를 경험하면서도 삶의 격정과 열망을 유추해 내는 강렬한 힘까지 느끼게 된다. 자신만의 심미적 개성을 통해 삶의 성찰을 위한 표상을 천천히 번져가게 하는 힘이 최도선 시조를 가능하게 하고 있다는 사실을 우리는 이로써 알게 되는 것이다. 그만큼 시인은 삶의 단순함을 벗어나 복합적 겹을 인식하면서도 그것을 단호하고 힘찬 정신의 상승 과정으로 직조해 간다. 머뭇거리지 않고 자신의 시조를 밀어간다. 은은하고 든든하게 자신의 몫을 구현해 가는 '시인 최도선'의 단단하고 아름다운 창작 여정이 아닐 수 없을 것이다. 깊은 사랑의 마음으로 열어가는 고요와 서기瑞氣의 시학을 담은 이번 신작들은 그러한 방향을 꽤 장기적으로 암시해 주고 이끌어주는 최도선 시조의 핵심적 표지標識이자 견고한 주춧돌이 되어줄 것이다.

《시와문화》 2021년 여름호)

風俗圖(풍속도)

I. 연

가난이 마냥 곱게 물이 드는 정월이면
연연한 창공으로 축문祝文 하날 띄우나니
군청색 연봉連峯 사이로 부침浮沈하는 고향 하늘

얼레에 감긴 시름 빙빙 도는 한 생애를
늦췄다 당기면서 잉아 실에 귀를 모으면
촉촉이 젖어만 오는 저 시원始原의 숨소리

II. 널

열아홉 꽃각시로 불이 붙는 뜨락에서
가슴을 헐어내면 고향 문도 열리리니
빈방에 물빛 벽지를 자로 재듯 바르리라

한 소절 음악으로 조요로히 흐르는 강
자벌레 눈금을 헤듯 건너야 할 물이라면
절망을 배우기 위해 솟음직도 하더라